목차 contents

honzuki no gekokujou
shisho ni narutameniha
shudan wo erandeiraremasen

어느 겨울날
(「소설가가 되자」 활동 보고 · 마인 시점 SS)

오늘은 아빠가 쉬는 날이라서, 아빠와 투리는 파루를 따라 갔다. 나는 평소처럼 문에서 오토 씨 일을 도우면서 기다렸다. 파루를 따는 데는 내가 도움이 안 되지만, 계산 작업에서는 도움이 되니까.

점심때가 지나 해가 가장 높은 데까지 올라가면 파루 채집이 끝나니까, 많은 사람이 줄줄이 숲에서 돌아왔다. 문지기들은 그 속에 수상한 사람들이 섞여 있지는 않은지 확인하느라 바빠서, 오토도 그 일을 하러 갔다.

혼자서 석판을 써서 또각또각 계산하고 있었더니, 아빠가 숙직실로 들어오셨다.

"마인, 집에 가자."

"투리는?"

"랄프하고 루츠네랑 같이 먼저 가고 있다. 서두르자."

마중 나온 아빠가 목말을 태워줬고, 나는 문에서 나왔다. 서둘러야 할 때는 아직 혼자 걷게 하지 않았다. 내가 걷는 게 조금 느리다 보니, 누군가에게 안기거나 업혀서 이동했다.

아빠가 조금 큰 걸음으로 걸어갔더니, 금세 썰매를 끌고 있는 투리네를 따라잡았다.

"투리, 고생했어. 오늘은 몇 개나 땄어?"

"아빠랑 둘이 간 덕분에 세 개 땄어."

투리가 끌고 있는 썰매에는 등에 짊어지는 바구니가 실려 있고, 그 안에 파루가 세 개 들어 있는 게 보였다.

"루츠네는?"

"우리는 일곱 개. 마지막 한 개는 조금만 더 하면 떨어질 것 같았는데, 제때 못 땄거든."

그런 이야기를 하면서 큰길에서 골목으로 들어갔다. 그랬더니 조금 앞쪽에서 몇 사람이 말다툼하고 있었다.

"이런, 오늘은 쉬는 날인데 말이야……."

아빠가 귀찮다는 것처럼 그렇게 중얼거리면서 나를 내려놓았다.

"일단 조금 지켜보다가 문에 알릴지 그냥 둘지 정할 테니까, 투리는 먼저 집에 가서 파루를 처리해주렴. 마인은 여기서 기다리고. 루츠, 미안하지만 마인이랑 같이 있어줄 수 있겠니?"

"전 괜찮은데……."

루츠는 그렇게 말하면서 자기 형들을 봤다. 그랬더니 제일 나이 많은 자샤가 고개를 끄덕였다.

"그러든지? 우린 먼저 갈게."

자샤의 대답을 들은 아빠는 "미안하다"고 말씀하시면서 두르고 있던 목도리를 벗으시더니, 나랑 루츠한테 둘둘 감아주셨다.

"절대로 루츠한테서 떨어지면 안 된다, 마인."

"이러면 떨어질 수가 없잖아요."

아빠는 눈이 쌓여 있는데도 민첩하게 움직여서, "이봐, 거기! 뭐 하는 거야?!"라고 외치면서 싸우는 사람들 쪽으로 뛰어갔다.

"그럼 우린 먼저 간다."

랄프와 투리가 가는 모습을 지켜보고 있는데, 갑자기 주위가 조용해졌다. 빨리 끝났으면 좋겠다고 생각하면서 아빠가 달려가신 쪽을 쳐다보다가, 루츠가 나랑 같은 표정을 짓고 있다는 걸 알았다.

"미안해 루츠. 이렇게 추운데 같이 기다리게 해서."

"오늘은 맑으니까 괜찮아. 나보다 마인 너야말로 감기 걸리지 마."

루츠가 빙글빙글 감아놓은 목도리를 보면서 조금 움직였다. 은근슬쩍 바람을 막아주려고 했다는 걸 알고, 나도 모르게 미소 지었다.

"괜찮아. 아빠가 목도리 감아주셔서 따뜻한걸. 루츠도 따뜻해?"

"그렇지 뭐."

둘이서 에헷, 하고 웃으면서 기다리고 있었더니, 금방 아빠가 돌아오셨다. 아무래도 싸움 중재는 바로 끝난 것 같다.

"기다렸지. 자, 빨리 집에 가자. 오늘은 파루 케이크다."

※2016년 설날에 스즈카 님이 올리신 일러스트를 보고 생각나서 쓴 SS입니다.

내 딸은 못 준다
(2015년 애니메이트 특전용 오리지널 단편)

"반장님, 따님은 어디 갔습니까?"

교대 시간이 돼서 내가 문 앞에서 안쪽으로 들어가려고 하는데, 레클이 나를 불렀다. 레클은 계산 일을 비교적 잘하는데, 마인이 일하는 모습을 보고 의욕이 생겼는지, 문의 계산 일을 거의 도맡은 오토가 자기 후임으로 눈독을

Illustrated by Suzuka

들인다는 이야기도 들었다. 몇 년 후에는 병사를 그만두고 본격적으로 큰 상점의 가족이 돼서 일을 하기로 결정한 오토는, 후임 교육 때문에 고민하고 있다.

"우리 딸이 왜? 어느 딸이건 네 색시로는 못 준다."

"그렇게 어리잖습니까, 나이 차이가 너무 많이 나서 색시는 생각도 안 합니다. 대체 무슨 소리세요? 그나저나 반장님 팔불출 같은 소리는 됐고요, 여름이 되고부터는 한 번도 문에 안 왔잖아요. 그래서 저 혼자서 오토 씨를 돕고 있다고요."

잘 하는 사람에게 전부 맡기는 게 오토의 방식이다 보니, 레클한테만 후임 교육을 하고 있는 것 같다. 가끔씩 문에 오는 마인한테 조수로서 계산 검토를 맡길 생각이었지만, 이젠 더 이상 여기 일은 할 수 없다. 마인은 완전히 신전에 빼앗겨버렸으니까. 큰 오산이었다고, 오토가 골머리를 썩고 있다.

"마인은 계산 능력을 인정받아서, 큰 상회에서 일하기 시작했다. 문 일을 도와줄 여유가 없어. 게다가 안 그래도 몸이 약한 아이라고."

마인이 신전에 들어갔다는 건 주위에 알리지 않았다. 대외적으로는 길베르타 상회에서 신세 지는 걸로 돼 있고. 실제로 지금도 상회에 드나들면서 루츠랑 같이 뭔가를 만들기도 하고 팔아넘기기도 하고 있으니까 거짓말은 아니다.

"오토 씨가 매일 반장님 딸이랑 비교하면서 난리도 아니라니까요."

마인은 정말 머리가 좋⋯⋯ 다는 것 같다. 난 어떻게 머리가 좋은지도 모르겠지만. 하지만 아무리 조수를 두라고 해도 '방해되는 녀석이 조수가 돼봤자 시간만 낭비할 뿐입니다'라고 딱 잘라서 말했던 오토가 흥분해서 '마인을 조수로 삼게 해주세요'라고 말하기도 하고, 큰 상회의 상인 견습이 되기 위한 허가도 받고, 신전에서 고아원을 맡고, 신관장의 집무를 돕고 있다는 얘기를 들어보면, 상당히 좋은 것 같다.

⋯⋯역시 대단해, 마인. 내 딸.

"후후후, 우리 딸은 신께 사랑받고 있으니까. 레클 너랑 달라서 특별하다고."

하지만 특별한 탓에 신전에 빼앗기고 말았다. 최근에는 신님이 조금 원망스럽다.

"에휴, 반장님 얘기가 너무 거창하기는 하지만, 그렇게 특별한 애랑 비교당하는 제 입장이 돼보시라고요."

뭐⋯⋯ 다른 병사들이 몸을 단련하고 문 앞에 서 있는

동안 계속 서류에 목패만 들여다보고 있다 보면 질력이 나기도 하겠지.

오토나 마인처럼 좋아서 서류 작업을 좋아하는 병사는 없다. 나도 계속 계산만 하라고 하면 병사 일을 그만두고 싶어지겠지.

"레클 너한테만 부담을 줄 수는 없지. 다른 병사들도 같이 가르치라고 오토한테 얘기해보겠다."

……하는 김에, 마인한테 계산을 잘 가르칠 방법이 있는지도 물어볼까.

겨울 동안, 루츠가 상인 견습이 되기 위해서 마인한테 글자와 계산을 배웠다고, 에파가 말했었다. 겨울이 한 번 지나는 사이에 많이 늘었다고 들었다.

마인한테 얘기해봤더니, "일단 오토 씨처럼 서류 일을 싫어하지 않는 사람을 찾아보는 게 어떨까요?"라고 말했다.

"하다못해, 저처럼 몸이 튼튼하지 않고 몸을 쓰지 않는 일을 찾는 사람을 서류 일 전용으로 고용해야지, 몸을 단련해서 도시를 지키는 일에 열의가 넘치는 병사들한테는, 서류 일이 적성에 맞지 않아요. 처음에 받는 교육만 해도 그렇게 싫어하잖아요."

의욕이 없는 사람한테는 아무리 가르쳐봤자 늘지 않는다고, 마인이 말했다.

"문에서 회색 신관을 고용할 수 있다면 좋을 텐데 말이죠. 계산 일이나 귀족의 대응에 익숙한 사람도 있으니까."

내가 소개하면 취직은 할 수 있겠지만, 회색 신관들은 생활 전반에 관한 상식이 없다. 말 그대로 사는 세상이 다르니까. 아무리 그래도 혼자서 장도 못 볼 만큼 상식이 없는 녀석을 하나부터 열까지 챙겨줄 수는 없으니까.

"……그 능력은 정말 탐이 나지만, 엄청 어렵겠는데."

흠칫흠칫 주위 눈치를 보며 시내를 돌아다니고, 야단치는 소리나 꿀밤에 몸을 움츠리던 고아원 아이들의 모습을 떠올리면서 고개를 저었다. 나쁜 녀석들이 아니라는 걸 알고 있다. 하지만 서류 일 하나만 가지고 문에서 일하는 건 무리고, 그 녀석들이 평민 거리에서 살아가는 건 더 힘들 것 같다.

"당장은 안 되더라도 10년이나 20년쯤 지나서 고아원 아이들이 밖으로 나오는 게 당연한 일이 되고, 평민 거리에서 일할 곳을 찾을 수 있게 되면 좋겠다고 생각해요."

웃는 얼굴로 그렇게 말한 마인은, 고아들의 앞날을 생각하는 고아원장의 얼굴이었다. 자신은 들어갈 수 없는 신전이라는 세계에 물들어가는 마인이 갑자기 너무나 멀어

진 것 같은 기분이 들어서, 나도 모르게 마인을 꼭 끌어안았다.

……신께도 신전에도, 마인은 못 준다!

곤란한 여동생
(「소설가가 되자」 활동 보고·투리 시점 SS)

내가 고아원에서 책 엮는 방법을 가르쳐준 그 날, 마인이 완성된 그림책 중에 한 권을 가지고 집에 돌아왔다. 어제는 우리 집에서 만들었지만, 그건 견본으로 공방에 가지고 갔기 때문에 완성된 책을 집에 가지고 오는 건 이번이 처음이다.

"하앙……. 이게 집으로 가지고 갈 책……."

루츠가 공방에서 가지고 온 그림책을, 마인은 세상에서 제일 행복한 사람 같은 얼굴로 꼭 안았다.

"여기까지 정말 오래 걸렸어. 완성할 때까지 정말 힘들었고. 하지만, 이걸로 드디어 우리 집에 책이 생겼어! 신난다~!"

"마인 님, 말투에 신경 쓰세요."

시종 로지나가 청색 견습 무녀 복장을 입은 채 책을 껴안고 기뻐하는 마인에게 주의를 줬다. 마인은 바로 귀족 아가씨 같은 미소 지으면서 "앞으로, 주의하겠습니다."라고 말했지만, 그냥 말뿐이었다. 얼굴이 헬렐레~하고 풀어진 게 한눈에 보였으니까.

"마인, 너무 흥분했어."

"당연히 흥분되지! 우리 집에 책이 생기잖아!"

……아~. 이거, 안되겠다.

내가 어깨를 으쓱거리고 루츠 쪽을 봤더니, 루츠도 어쩔 수 없다는 얼굴이었다.

"마인, 오늘은 그만 가자. 너무 흥분했어. 가는 중에 쓰러지겠다."

루츠가 질렸다는 목소리를 숨기지도 않고 옷을 갈아입으라고 재촉했다. "알았어"라고 대답하고는 그림책을 안은 채 펄쩍펄쩍 뛰는 것처럼 계단을 달려 올라가는 마인이, 또 로지나한테 야단을 맞았다.

"오늘은 무슨 소리를 해도 소용없을 것 같아."

"그러게. 뭐, 2년이나 갖고 싶다고 했던 걸 드디어 갖게 됐으니까. 마인이 기뻐하는 건 이해해. 풀을 모으고 점토판을 만들던 시절부터 생각해보면, 정말 열심히 했다는 생각이 들거든."

마인이 책 만드는 걸 가장 많이 도와준 사람은 루츠다. 점심밥을 나눠주거나 아빠가 주신 용돈을 주거나 하는 사소한 보수가 있기는 했지만, 정말 잘도 마인의 영문 모를 행동에 어울려 줬네. 언니인 내가 봐도 감탄할 정도로 인내심이 강해.

"루츠 덕분이야. 마인의 이상한 짓에 어울려줘서 정말 고마워."

내가 그렇게 고맙다는 말을 했더니, 루츠는 "응……"하고, 조금 이해할 수 없다는 표정을 지었다.

"투리나 형들은 잘 어울려 줬다고 하지만, 난 계속 마인한테 도움을 받았고, 그냥 내 꿈을 이루기 위해서 마인이랑 같이 해왔던 거니까……."

루츠는 자기가 입은 길베르타 상회 견습 옷을 보면서, 웃옷을 살짝 집어서 당겨 보였다. 마인의 조언이나 도움이 없었으면 상인 견습이 되지도 못했을 테니까, 루츠도 마인한테 고마워하는 것 같다.

"그야 뭐, 마인이 만든 신기한 물건들이 길베르타 상회에 벤노 씨 눈에 들면서 상인 견습이 되는 길이 열렸다고 생각하기는 하지만, 그래도 마인보다 루츠가 부담이 더 컸을 것 같아."

"내가 힘들긴 했지도 모르지만, 형이나 투리는 마인이 얼마나 대단한지 몰라서 그래."

루츠가 진지한 얼굴로 그렇게 말했다. 길베르타 상회에서 벤노 씨와 머리 장식 이야기를 했던 때는 마인이 대단한 일을 하고 있다는 걸 대충이나마 알았지만, 굳이 따지자면 마인은 도움이 안 될 때가 많다 보니 일상생활에서는 대단하다는 생각이 들지 않는다.

"우리는 길베르타 상회에 있는 마인을 모르니까."

"그건 그렇긴 한데, 그게 다가 아니라……. 나, 마인한테 글자랑 계산을 배웠잖아?"

겨울 동안, 마인이 우리 집에서 루츠를 가르치는 모습을 봤기 때문에, 고개를 끄덕여버렸다. 루츠는 상인 견습이 되기 위해서 정말 열심히 노력해왔다.

"똑같은 걸 가르치는 가정교사를, 상인들이 얼마를 주고 고용하는지 알아?"

"난 모르지."

"일주일에 사흘, 종소리 한 번 만큼 가르치면서 한 달에 최소한 대은화 한 닢, 10만 리온이나 해. 마인은 대가도 받지 않고 그런 일을 해준 거야."

길베르타 상회에서 다루아 견습들이 가정교사한테 배운다는 이야기를 했고, 그 가정교사한테 지불하는 금액을 듣고서 루츠가 깜짝 놀랐다는 것 같다. '가정교사도 고용하지 않았고, 부모가 글자를 읽을 줄 아는 것도 아닌데 어떻게 글자와 계산을 배웠지?'라는 말을 듣고, 루츠는 마인이 얼마나 대단한지 뼈저리게 느낀 것 같다.

음…… 그렇게 말하니까 대단한 것 같네.

하지만 책을 끌어안고서 "오래 기다렸지. 자, 가자!"라고 말하면서 계단을 내려오는 마인을 본 순간, 그런 생각은 날아가 버렸다. 들뜬 마인이 계단에서 발을 헛디뎌서 넘어질 뻔했지만, 로지나가 붙잡아줘서 간신히 넘어지지 않았다.

……역시 안 대단해. 마인은 글러 먹었어.

"마인, 그렇게 책 끌어안고 있으면 넘어지니까 가방에 넣자."

내가 그렇게 말했더니 마인은 자기가 안고 있는 그림책과 내가 내민 가방을 번갈아 보면서, "기왕이면 촉감이나 잉크 냄새를 즐기면서 가고 싶은데……"라면서 떨떠름한 표정을 지었다.

"새 책은 그렇게 온몸으로 기쁨을 즐기는 거잖아?"

"마인, 그렇게 당연한 일이라는 것처럼 말해봤자 안 속아. 그거, 처음 생긴 책이잖아."

내가 책을 가리키면서 그렇게 말했더니, 마인이 "아……" 하고 뭔가를 알아차렸다는 것 같은 얼굴로 고개를 들었고, 루츠가 "바보"라고 중얼거렸다. 그리고 내 앞으로 나서더니, 마인이 들고 있던 책을 빼앗아서 재빨리 가방에 넣어버렸다.

"에휴. 마인은 여전히 위기감이 없다니까. 이렇게 비싼 종이 다발을 들고 있는 걸 누가 보기라도 하면 당연히 위험해지지 않겠냐고. 우리 같은 애들이 가지고 있으면 틀림없이 도둑맞을 거야."

마인과 루츠가 만들었고, 실패한 종이가 우리 집에 꽤 많이 있어서 감각이 마비됐었지만, 종이는 비싼 물건이다. 귀족이나 부자가 아니면 쓰지도 못한다. 우리같이 가난한 차림새의 아이들이 가지고 있을 물건이 아니다. 마인은 '도둑맞는다'라는 말에 히익! 하고 몸을 부르르 떨었다.

"저기저기 투리. 이거 어디다 둘까? 역시 아빠한테 새 책장을 만들어달라고 부탁해야 할까?"

"책이 많아질 때까지는 마인 네 나무상자면 되잖아. 그것보다, 앞에 보고 걸어."

가방에 넣었어도 안에 있는 책이 정말 신경 쓰이는지, 마인은 흘끗흘끗 가방을 보면서 걷고 있다. 그러다 보니 자꾸만 좌우로 휘청거리고 있고, 정말 기뻐서 그런지 걸음걸이도 평소보다 불안불안했다.

……정말 걱정된다니까!

결국에는 마인을 루츠랑 나 사이에 두고, 양쪽에서 손을 잡고서 걷기로 했다. "조금 추워졌는데, 이러고 있으니까 따뜻하다."

저기…… 마인. 따뜻하려고 하는 게 아니거든.

마음속으로 한마디 했지만, 마인이 너무 행복하게 웃고 있어서 굳이 말로 하지는 않았다.

"다녀왔습니다! 이게 우리 집에 처음으로 온 그림책이야! 자, 봐요."

완성된 그림책은 어제도 봤는데, 집에 오자마자 똑같은 물건을 보여주니까 아빠도 엄마도 곤혹스러운 얼굴로 서로 마주 봤다.

"마인, 그거 어제도 봤고, 어제도 들었다."

……어제도 엄청나게 흥분했었으니까.

어젯밤, 완성한 그림책을 보고 끝도 없는 성전 이야기를 들으면서 술을 드시던 아빠가, 마치 어젯밤에 그 일은 없었다는 것 같은 얼굴로 똑같은 말을 하는 마인 때문에 곤란한 얼굴이 돼 있다.

하지만, 마인의 입은 멈추지 않았다.

"어제 책은 시제품이고 신전에 가지고 가야 하는 거였지만, 이 책은 계속 우리 집에 놔둬도 되는 거야. 신난다. 처음으로 우리 집에 책이 왔어! 아~ 행복해. 집에 책이 있으니까 행복하잖아? 더 많이 늘리고 싶지, 그렇지?"

……그런 생각은 안 하는데.

마인이 그림책을 두 손으로 잡고서 빙글빙글 돌기 시작했다. 즐거워 보여서 다행이기는 하지만, 슬슬 위험한데. 집에 오는 중에도 계속 흥분했었으니까 슬슬 체력이 떨어질 것 같아. 그렇게 생각했을 때, 발이라도 꼬였는지 마인의 몸이 휘청하고 기울었다.

아…… 넘어진다.

"마인!"

"으아! 책이!"

아빠가 급하게 손을 뻗었지만, 마인은 아빠 손을 잡는 게 아니라 이상한 소리를 내면서 그림책이 더러워지지 않게 배에 꼭 끌어안았다.

……마인이 이렇게 재빨리 움직이는 건 처음 봤어.

내가 엉뚱하게 감탄하면서 보고 있는 앞에서, 마인은 등부터 떨어지면서 넘어졌다. 퍽, 하고 머리 부딪치는 소리가 났지만 마인은 재빨리 일어나서 "책, 더러워지지 않았나?"라면서, 제일 먼저 그림책 걱정부터 했다. 이젠 질려버리는 수밖에 없겠다. 마인을 도와주려고 내밀던 아

빠의 손이 왠지 슬퍼 보인다.

"마인, 웬만하면 뒤로 넘어진 네 몸도 걱정하지 그러니. 어디 아픈 데는 없고?"

"괜찮아요. 이 정도는 명예로운 부상이거든요."

……아무리 생각해도 불명예인데.

어째서 저렇게 가슴을 활짝 펴고 그런 말을 할 수 있는 건지 도무지 모르겠다. 가족이 전부 질렸다는 얼굴로 쳐다보고 있는데, 마인은 그러거나 말거나 책을 이리저리 뒤집으면서 상하지는 않았는지 확인하고 있다.

"내 상처는 낫는 거지만, 책이 파손되면 고칠 수 없잖아. 아직 도구가 많이 부족하니까. 그쪽 도구도 생각해야겠다."

내가 제일 걱정되는 건 마인의 머리다. 책 말고 다른 것도 좀 생각해주면 좋을 텐데.

크게 다친 데는 없는 것 같아서 안심했는지, 어머니가 커다란 배에 손을 얹고서 살며시 한숨을 쉬었다.

"마인, 책이 더럽혀지는 게 싫으면 좀 진정하지 그러니?"

"괜찮아요. 이젠 진정했어요. 그보다 아기를 위해서도 새 그림책을 잔뜩 만들어야겠죠! 그리고, 많이 읽어줘서 책을 좋아하는 아이로 키울 거예요. 우흐흥."

넘어졌어도 책 걱정만 했고, 머릿속에 든 건 다음에 만들 책 생각뿐.

……정말이지, 마인 쟤는!

마인은 큰 상회의 주인한테도 주눅 들지 않고 장사 얘기를 하고, 돈을 엄청나게 많이 벌고, 고아원 아이들이 잘 따르고, 많은 걸 알고 있다. 하지만, 내가 보기에는 그냥 손이 많이 가는 곤란한 여동생일 뿐이야.

그림책과 글씨 연습
(2016년 쇼센 그룹×TO 북스 페어 오리지널)

"그럼 말이야, 도와줄 테니까 나한테도 책을 줄래. 나도 글씨를 배우고 싶어."

마인이 책 만들기 마무리를 도와달라고 부탁했을 때, 나는 큰마음 먹고 그렇게 말했다. 일을 도우려고 고아원에 드나드는 일이 많아지면서, 나만 읽고 쓰기를 못 하는 것 같다는 기분이 들었기 때문이다.

……이 동네에서는 글을 못 읽는 게 당연한 건데, 내 주위에만 이상하게 읽고 쓰기를 할 줄 아는 사람들이 많다

니까.

책을 만드는 마인은 물론이고, 문지기 일을 하는 아빠도 글을 읽고 쓴다. 전에는 읽기는 해도 쓰는 건 잘 못 했던 것 같은데, 마인이 오토 씨한테 글을 배우기 시작했을 때 "아빠의 위엄이!"라고 하면서 몰래 연습했던 걸 알고 있다.

루츠는 상인 견습이 되기 위해서, 지난 겨울 동안 마인한테 배웠는데, 지금은 칼라 아주머니가 우리 루츠는 계약 서류도 읽을 줄 안다고 자랑하고 다닐 정도가 됐다. 코린나 님도 일에 사용하는 목패에는 글을 적고 있었다. 언젠가 코린나 님의 공방에서 일하려면, 글씨를 읽고 쓰는 게 필요할 것 같다. 무엇보다 나보다 먼저 길베르타 상회에서 일하고 있는 루츠랑 마인한테 뒤처지는 건 싫으니까.

"이게 석필이야. 잡는 방법은 이렇게. 아, 그게 아니라 투리. 그렇게 잡으면 안 돼."

까만 석판을 앞에 놓고, 하얀 석필 잡는 방법과 선 긋는 방법부터 연습하기 시작했다.

……글씨 연습은 한참 멀었다면서.

나는 마인이 시키는 대로 석필을 잡고, 마인이 본보기로 그려준 것과 똑같이 선을 그어갔다. 하지만 왠지 힘이 제대로 들어가지 않아서 본보기처럼 똑바로 선을 긋지 못하고, 힘없이 삐뚤빼뚤한 선이 되어버렸다.

"마인, 이렇게 잡으면 힘이 안 들어가."

"바늘에 똑바로 잡는 방법이 있는 것처럼, 펜도 똑바로 잡는 방법이 있는 거야. 석필을 어떻게 잡아도 선은 그을 수 있지만, 이렇게 잡는 데 익숙해지지 않으면 나중에 펜을 잡았을 때 바로 촉이 뭉개져 버려."

마인의 말을 듣고, 나는 아무리 봐도 힘을 주기 힘든 자세로 석필을 움직여서, 계속 선만 그었다. 하지만 마인은 저렇게 간단히 하는데, 선을 똑바로 긋는 게 의외로 어려웠다.

"투리, 귀찮겠지만 열심히 해봐. 선을 똑바로 긋고 마음먹은 대로 동그라미를 그릴 수 있어야지 나중에 옷본도 그릴 수 있을 테니까."

그리고 쓰기 연습을 하는 중간에 글씨를 읽는 연습도 해야 한다는 것 같고.

"귀로 문장을 기억한 다음에 눈으로 따라가며 읽을 수 있게 되고, 최종적으로 손으로 쓸 수 있으면 되는 거야. 투리가 코린나 씨네 공방으로 가는 건 아직 많이 남았으니까, 루츠처럼 급하게 배우지 않아도 돼."

"그런데 루츠도 반년 넘게 걸렸잖아? 코린나 님한테 공

방을 옮기고 싶다고 부탁하고 싶으니까, 너무 느긋하게 할 수는 없어."

다루아 견습의 계약 기간은 3년이다. 공방을 옮기고 싶으면 미리 이동하기 위한 약속을 해야만 한다. 그래서 시간 여유가 1년 정도밖에 없다.

"1년이면 괜찮아. 그것보다, 책을 재미있게 읽는 게 좋아. 책이나 글자를 보는 게 싫어지면 머릿속에 하나도 안 들어오거든. 문에서도 억지로 하는 견습 애가 글씨를 배우는 데 너무 오래 걸려서, 가르치는 오토 씨가 엄청나게 고생했어."

마인은 웃는 얼굴로 그렇게 말하면서 어린이용 성전 그림책을 펼쳤다.

"어둠의 신은 정신이 아득해질 정도로 기나긴 시간을 오로지 혼자서 보냈습니다."

마인은 내가 어느 부분인지 알 수 있게 손가락으로 말을 가리키면서, 천천히 책을 읽어나갔다. 정말 기쁘다는 것처럼 웃는 데다, 달님 같은 금색 눈동자는 반짝반짝 빛나고 있다. 너무나 행복해 보이는 마인의 얼굴을 보면서, 나는 마인을 따라서 같은 말을 되풀이했다. 아직 무슨 글자인지 모르니까, 마인이 말하는 대로 따라 할 뿐이다.

"어둠의 신은 정신이 아득해질 정도로 기나긴 시간을 오로지 혼자서 보냈습니다."

"그래, 잘 하네. 그럼 계속 읽을게. 계속 혼자 있었던 어둠의 신 앞에 빛의 여신이 나타나서 주위를 밝혀줬습니다."

어둠의 신이 빛의 여신과 만나고 결혼해서 아이가 태어난다. 그 아이가 물의 여신, 불의 신, 바람의 여신, 흙의 여신이다.

"가장 먼저 태어난 신은 물의 여신 플류트레네입니다. 플류트레네는 치유와 세정의 힘을 지녔습니다."

마인이 말하는 대로 따라 하며 책을 읽고, 석판에 석필로 선을 긋는 연습을 했다.

"응, 선을 이렇게 잘 그릴 수 있게 됐으면, 글씨도 쓸 수 있을 거야."

몇 가지 선 그리는 연습을 마치고, 겨우 글씨 연습이 시작됐다. 처음 배운 건 내 이름이었다.

"자기 이름을 제일 많이 쓰니까. 루츠가 길베르타 상회에 들어갈 때 계약서를 썼거든. 투리도 코린나 씨네 공방에 들어갈 생각이라면 필요할지도 몰라."

"그런 거야?! 그렇게 중요한 거면 더 빨리 말해줬어야지!"

선을 그리는 것만 해도 어려웠으니까, 글자를 전부 기

억하는 건 더 힘든 일이었다. 루츠는 겨울 동안에 다 배웠는데, 나도 코린나 님께 부탁하러 가기 전에 기억할 수 있을까. 엄청나게 불안해졌다.

나는 마인이 적어준 본보기를 보면서, 내 이름을 써나갔다. 내 이름, 가족들 이름, 친구 이름, 코린나 님 이름, 길베르타 상회라고 쓰는 방법을 배웠다.

"루츠가 마중 왔으니까, 난 가볼게."

마인은 겨울을 날 준비를 하기 위해, 거의 매일같이 신전에 가고 있다. 견습인데도 나랑 달라서 격일제로 가는 건 아니다.

……자주 열이 나서 쉬었으니까, 갈 수 있을 때는 매일 가려는 거야.

마인이 시킨 대로 그림책에 있는 글자를 베껴 쓰고 있는데 툭, 하는 소리가 났다. 고개를 들어보니 배가 크게 부풀어 오른 어머니가 "열심히 하네"라고 말하면서 물이라도 좀 마시라고 잔을 내밀었다.

"정말 어려워. 루츠가 겨울 동안에 다 배운 것도 대단하지만, 문에서 계산 일을 도우면서 배운 마인은 더 대단한 것 같아."

언제였더라, 문에서 견습들을 가르치는 오토 씨를 돕고 있다는 이야기를 들은 적이 있다. 한마디로 문에 다니기 시작한 지 1년도 안 됐을 때부터, 마인은 가르치는 쪽이 돼 있었다. 그때는 그냥 흘려들었는데, 정말 말도 안 되는 얘기다.

"후후, 문 얘기 하니까……. 엄마도 어른이 되기 전에는 아빠 일을 도왔단다."

"엄마네 아빠라면, 외할아버지?"

"맞아. 문의 반장이셨거든. 가끔씩 귀족님이 소집하는 회의가 있잖아? 거기서 차를 내올 때 쓰는 말과 차 끓이는 방법을 배웠거든. 하지만 글씨까지는 필요하지 않아서 가르쳐주지 않으셨어."

외할아버지도 외할머니도 이미 돌아갔다. 그래서 거의 이야기를 들어본 적도 없었다.

"마인이 신전에 들어가지 않고 집에서 대필 일을 하면서 문 일을 도왔다면, 아마 나처럼 회의에서 차를 내오는 일도 하게 됐을 거야."

"음~ 마인이 차를 끓이는 모습은 상상도 못 하겠어."

아직 우물에서 물도 퍼 올리지 못하는 마인이 차를 끓이게 되려면 얼마나 더 있어야 할까. 엄마랑 둘이 웃으면서 그런 얘기를 하고, 나는 석판 쪽을 봤다.

"그럼 엄마도 같이 배울래?"

"지금은 아기 옷이랑 기저귀 만드느라 바쁘니까, 조금 더 있다가. 겨울에 여유가 생기면 투리가 가르쳐주렴."

"내가 엄마한테?"

생각도 못 했던 말에 고개를 들고 눈을 깜박거렸더니, 어머니는 "그래. 나한테 가르쳐줄 수 있게 열심히 배워야 한다"라고 말하면서 짓궂게 웃으셨다.

"응, 열심히 할게!"

엄마가 나한테 부탁하신 게 너무 기뻐서, 나는 더 열심히 하자고 마음먹었다.

그리고 의욕에 불이 붙고 열심히 연습하다가, 내 머릿속에 한 가지 의문이 떠올랐다.

……이 책은 대체 얼마나 할까?

내가 만든 머리 장식이 비싸게 팔리고 있다는 걸 알고 있다 보니, 신전에서 돌아오자마자 다음 그림책에 대해 생각하고 있는 마인한테 그림책 가격을 물어봤다.

"그러니까, 공방에서 만든 물건이라 원가는 그렇게까지 비싸지 않지만, 가게에서 팔려면 소금화 한 닢에 대은화 여덟 닢이려나?"

"뭐라고?!"

나는 깜짝 놀라서 그림책과 마인을 번갈아 쳐다봤다. 그렇게 비싼 물건을 우리 집에 가지고 오다니, 말도 안 돼. 앞으로도 계속 늘릴 생각이라는 것도 말도 안 되고.

"할 수만 있다면 좀 더 내리고 싶지만 식물로 만든 종이가 아직 비싸기도 하고, 무엇보다 잉크값이 정말 비싸서……. 이익을 확보하려고 하는 벤노 씨도 있고 하니까, 당분간은 못 내릴 것 같아."

마인은 어떻게 해야 가격을 낮출 수 있는지 진지하게 고민하고 있는데, 아냐. 그게 아니라고.

"이건 우리 집에 놔둘 물건이 아니잖아? 글씨 연습 같은 데, 함부로 써도 되는 물건이 아니라고!"

"……뭐? 아이들이 글씨를 배우는 교과서로 쓰려고 만든 건데? 무슨 소릴 하는 거야 투리?"

마인 너야말로…… 눈이 동그래져가지고, 무슨 소릴 하는 거야?!

소금화 두 닢 정도 가치가 있는 물건을 우리 집에 놔두고, 나랑 앞으로 태어날 아기가 마음대로 써도 된다고 생각하는 것 같다. 설마 이 그림책이 그렇게 비싼 물건일 줄은 몰랐다. 지금까지 내가 이걸 어떻게 다뤘는지 생각해보니 온몸에서 핏기가 싹 갔다.

"저, 저기 마인. 이 책 씻어도 돼?"

"물로 씻으면 안 돼, 투리! 물에 젖으면 종이가 너덜너

덜해지니까 절대로 안 돼!"

"뭐? 씻으면 안 되는구나. 그럼 책이 더러워지면 어떻게 해야 하는데?"

석필을 만진 손으로 책을 넘긴 탓에, 이미 여기저기에 하얀 가루가 묻어 있는 그림책을 슬쩍 쳐다봤다. 내 마음속에는 '어쩌지?!'라는 생각이 가득한데, 마인은 아무렇지도 않다는 것처럼 웃었다.

"더러워지지 않게 쓰는 게 제일이긴 하지만, 그렇게까지 신경 쓸 필요는 없어."

"그렇게 비싸다는 걸 알았으니까 신경 쓰이잖아!"

지금까지랑 다르게, 그림책을 만지는 게 엄청나게 무서워졌다.

……어쩌지?! 함부로 나도 책을 한 권 갖고 싶다는 소리를 하는 게 아니었어!

언니와 다과회
(제3부 「영주의 양녀 Ⅰ」 TO 북스 온라인 스토어 특전)

작년 여름에 베로니카 파벌 귀족에게 시집간 언니가, 며칠 동안 친정에 가 있어도 된다는 허락을 받고 집에 돌아왔습니다. 오늘은 오랜만에 자매 둘만의 다과회입니다.

결혼하면 만날 기회가 많이 줄어듭니다. 게다가 밖에서 하는 다과회에서는 가족보다 다른 분들과의 사교를 우선해야 하기 때문에, 언니와 둘만의 비밀 이야기는 할 수도 없습니다. 그래서 이렇게 언니와 단둘이서 차를 마실 수 있는 게 너무나 기쁩니다.

관례에 따라 내가 먼저 한 모금을 마신 뒤에 차를 권했더니, 언니는 우리 집에서 살던 때보다 우아한 동작으로 차를 마시고는 바로 본론에 들어갔습니다.

"저기, 크리스텔. 페슈필 다과회는 대체 어떤 다과회였니? 너랑 어머니는 참석했잖아?"

"그랬죠. 정말 훌륭했어요. 언니한테 들은 대로, 페르디난드 님의 페슈필은 정말 훌륭했어요. 목소리도 정말 매끄러워서 반해버릴 정도였다니까요. 왕녀님께서 초대하셨다는 이야기도 사실일 것 같아요."

귀족원에서 같이 지내고 있는 크리스티네 님의 연주도 정말 훌륭하고 아름답습니다. 하지만 저는 페르디난드 님의 연주가 더 좋습니다.

……사랑 노래는 남성분 목소리로 듣는 게 더 아름답거

든요.

살짝 눈을 감고서 페르디난드 님의 페슈필 연주를 떠올리며 황홀한 기분을 맛보고 있었더니, 언니가 초조한 목소리로 말했습니다.

"어떤 다과회였는지 자세히 가르쳐주겠어. 요즘엔 어떤 다과회에 참석해도 그 이야기뿐이라니까."

베로니카 파벌 귀족과 결혼한 언니는 남편의 허락을 받지 못했기 때문에 페슈필 다과회에 참석하지 못했습니다. 하지만 앞으로 당분간은 어느 다과회에서도 페슈필 다과회가 화내가 되겠죠. 저는 살짝 한숨을 쉬었습니다.

"……언니 남편분은 베로니카 파벌 귀족이니까, 우리 같은 중립파처럼 파벌을 마음대로 바꿀 수가 없잖아요? 결혼한 지 일 년도 안 돼서 베로니카 님이 실각하시다니, 언니도 정말 힘든 시기에 결혼했네요."

앞으로 일 년만 더 기다렸으면 베로니카 파벌 귀족과 결혼하는 건 취소했을지도 몰라요. 하지만 그렇게 되면 약혼을 취소한 게 되니까, 세상 사람들이 곱지 않은 눈길로 쳐다보게 됐겠죠. 무엇보다 다시 결혼 상대를 찾으려고 한다면, 언니는 적령기를 놓치게 됩니다.

"2년 전에 내가 베로니카 파벌 귀족과 결혼하기로 결심한 건, 베로니카 님이 빌프리트 님의 세례식 준비를 하셨다는 소문이 돌기 시작했기 때문이야. 틀림없이, 베로니카 님이 그대로 권세를 자랑하게 될 거라고 생각했는데…… 정말 마음대로 안 되네. 시간의 여신님의 실이 엉켜버린 걸까."

"……아우브 에렌페스트 탓이에요. 페슈필 연주는 정말 훌륭했지만, 언니나 우리 집안이 힘들어진 건 전부 다 아우브 때문이라고요."

이렇게 가족들끼리만 이야기하는 자리여야 대놓고 아우브를 비판할 수 있는데, 어쨌거나 저는 아우브의 행실에 불만이 있습니다.

아우브는 베로니카 님이 아무리 명을 하셔도 절대로 제2부인을 들이려 하지 않고, 플로렌치아 님만 소중히 여기고 있습니다. 그래서 아우브가 세대교체를 하면 베로니카 님의 권세에 변화가 생길지도 모른다고 생각했던 귀족들이 많았습니다.

하지만 아우브가 세대교체를 해도 베로니카 님께는 아무런 변화도 없었습니다. 귀족원에서 가장 우수했던 페르디난드 님은 신전에 들어가셨고, 영주 일족 주위에는 베로니카 님께 아첨하는 귀족들이 우글거리게 되면서, 라이제강 파벌 귀족들이 눈에 보일 정도로 냉대받게 돼버렸습니다. 정세를 지켜보던 중립파 귀족들은 차례로 베로니카 파쪽으로 기울어갔죠.

"질베스타 님과 플로렌치아 님의 자제분을 베로니카 님이 키우고 계시니까, 베로니카 님의 권력은 탄탄하다고 생각하지 않겠어요."

"맞아. 그래서 나는 아버님께 베로니카 파벌 귀족과 결혼하고 싶다고 부탁드렸어."

작년 여름에, 언니는 베로니카 파벌 귀족에게 시집갔습니다. 그 뒤로 제 결혼 상대도 베로니카 파벌에서 찾으라는 얘기가 나오고, 귀족원에서도 라이제강 파벌 귀족에게 깊이 관여하지 말라는 주의를 받는 등등, 저희 가문은 중립파에서 베로니카 파벌 쪽으로 크게 기울었습니다.

"그랬는데, 설마 하룻밤 사이에 정세가 뒤집힐 줄이야……."

아우브가 갑자기 베로니카 님을 체포한 것은, 언니가 결혼한 지 1년도 되지 않은 올봄 끝 무렵의 일이었습니다. 지금까지 얌전히 베로니카 님의 말에 따르던 아우브가 이렇게 나오리라고, 그 누가 생각했을까요. 아우브의 모친을 체포하는 일이 되니까, 원래는 충분히 손을 써뒀어야 할 텐데, 귀족들 사이에서 눈에 띄는 물밑에서의 움직임이 하나도 없었습니다.

"영주 회의에 동행했던 상층부 귀족들이나 측근들조차도 아우브의 뜻을 몰랐던 것 같다고, 남편한테서 그렇게 들었어. 너무 갑작스러운 일이야. 아우브는 대체 무슨 생각일까?"

언니는 불만이라는 것처럼 말하면서 꿀꺽, 차를 마셨습니다. 저도 잔을 집어 들었습니다. 이런 행동을 벌일 거면, 좀 더 일찍 베로니카 님을 배척하겠다는 뜻을 겉으로 드러내 줬으면 좋았을 텐데 말이죠.

"아우브의 생각은 저도 모르겠지만, 베로니카 님을 차갑게 대하던 엘비라 님의 아가씨를 양녀로 맞이하셨잖아요. 앞으로는 라이제강 파벌 귀족이 중용될 것 같아요."

"그렇겠지. 베로니카 님이 건재하셨다면, 아무리 마력이 많고 영지에 필요하다고 해도 엘비라 님의 따님과 양자의 연을 맺는 일은 절대로 실현되지 않았을 테니까."

로제마인 님과 양자의 연을 맺은 것은, 아우브가 플로렌치아 님 이외의 아내를 들이지 않은 채로 라이제강 파벌의 귀족을 중용하게 되리라는 것을 상징하는 일이었습니다.

"크리스텔, 난 남편이 베로니카 파벌에 너무 고집하다가, 이대로 다른 귀족들한테 뒤처지는 게 아닌지 불안해. 솔직히 그 사람은 아직까지도 정세가 달라졌다는 걸 받아들이지 않고 있거든."

베로니카 님을 따르는 라이제강 파벌 귀족이 적었던 것처럼, 지금의 정세를 당장 받아들일 수 있는 베로니카 파벌 귀족도 많지 않을 것 같습니다.

"언니가 불안해하는 건 이해하지만, 베로니카 파벌 귀족들을 배척한다기보다는 라이제강 파벌 귀족을 끌어 올린다는 형태가 되지 않을까요? 페슈필 다과회에 베로니카 파벌 귀족들도 참석했고, 아우브의 측근들은 대부분 베로니카 파벌 귀족이잖아요? 파벌을 핑계로 당장 전부 내치는 일은 하지 않을 거라고 생각해요."

에렌페스트 상층부는 상당 부분을 베로니카 파벌 귀족이 차지하고 있습니다. 영지 운영과 일상 업무를 생각해봐도, 갑자기 베로니카 파벌 귀족을 전부 없애버릴 수는 없습니다.

"정말로 그렇게 된다면 다행이겠지만, 단 하룻밤 만에 주위에 알리지도 않고 자기 어머님을 실각시킨 분이잖아. ……우리 입장이나 미래를 생각이나 해주고 있는지, 너무 걱정돼."

우리 가문은 원래 중립 귀족이다 보니, 상황에 따라 다른 파벌로 옮겨갈 수도 있습니다. 하지만 베로니카 파벌 귀족과 결혼해버린 언니가 다른 파벌로 옮겨가는 건, 남편의 생각이 바뀌지 않는 한은 힘든 일이겠죠.

"……크리스텔 너는 라이제강 파벌 귀족과 결혼하게 될까?"

"그렇게 될 것 같아요. 우리 가문의 위치를 다시 중립으로 되돌리려면 라이제강 파벌 귀족과 결혼할 필요가 있다고, 아버님이 그렇게 생각하고 계시니까요. 내가 페슈필 다과회에 참석한 것도 그것 때문이고."

언니가 결혼하면서 베로니카 파벌로 기울었기 때문에, 베로니카 님이 실각하셨을 때 아버님은 얼굴이 새파래지셨습니다. 최근에는 매일같이 앞으로 주류가 될 플로렌치아 파벌과 어떻게든 가까워질 수는 없을까, 그런 생각을 하고 계십니다. 그리고 귀족들이 엄청나게 당황했고 정세가 확실하게 정해지지 않은 이 틈에, 저희 가문은 앞으로 주류가 될 파벌과 최대한 가까워져야 했습니다. 언니가 결혼하면서 베로니카 파벌로 기울어버린 저희 가문이 파벌을 옮기기 위해서는, 제 결혼이 큰 의미를 지니게 됩니다.

"너, 겨울이면 귀족원 최종 학년이지? 그 짧은 시간 동안에 에스코트 상대를 찾을 수 있을까?"

언니가 걱정한 대로, 겨울까지는 졸업식에서 에스코트해줄 라이제강 파벌의 남성분을 찾아야만 했습니다. 그때까지 마땅한 상대를 찾아내지 못하면, 숙부님이나 조부님께 에스코트를 부탁드리게 됩니다.

"일단 상황 수습에 도움이 될 상대를 찾으면 좋겠지만, 아마 힘들 것 같아요. 헤르미나 님께 부탁드려서, 겨울까지 가능한 라이제강 파벌쪽 귀족과 접촉해볼 생각이에요."

"헤르미나 님? 라이제강 파벌의 귀족이 모친인 분이니까, 라는 이유로 교류가 금지된 분이 아니었나? 너, 설마 그분이랑 어울렸던 거야?"

언니가 질렸다는 표정으로 절 쳐다봤습니다. 아버님과 어머님은 금지하셨지만 남몰래 헤르미나 님과 사이좋게 지내왔던 저는, 아주 조금 켕기는 기분이 들었습니다.

"……헤르미나 님은 정말 좋은 분인데, 어른들 사정 때문에 어울리지 못하는 건 싫었거든요. 어울린다고 해봤자 귀족원 강의 시간 때뿐이었으니까, 집에 폐를 끼친 건 아니라고요."

저는 변명을 하면서 시선을 피했습니다. 어쨌거나 부모님 말씀을 어겼다는 건 저도 알고 있으니까요.

"하지만 헤르미나 님 덕분에, 페슈필 다과회에서 라이제강 파벌 귀족과 공공장소에서 사이좋게 지낼 수도 있었어요. 결과적으로는 나쁘지 않았으니까, 이젠 괜찮지 않을까요?"

저와 어머니가 페슈필 다과회에서 라이제강 파벌 귀족과 잘 어울릴 수 있었던 건, 헤르미나 님과 그 어머님이 잘 대해주신 덕분이었습니다.

"내 결혼 때문에 너한테까지 쓸데없는 고생을 시키게 됐다고 생각했었는데, 라이제강 쪽 귀족과 조금이나마 접점이 있다니 안심했어. 무거운 짐을 조금이나마 내려놓은 기분이네."

언니가 미안하다는 얼굴로 미소 지었고, 저도 마찬가지로 미소로 답했습니다.

저는 시간이 부족하기는 해도 지금부터 에스코트 상대를 찾을 수 있고, 결혼 상대를 정하는 건 그 뒤에 생각할 일입니다. 정세가 조금 더 진정된 상태에서 결혼 상대를 고를 수도 있겠죠. 나이 차이가 몇 년밖에 안 나는데도 정세가 이렇게 크게 달라졌으니, 제 탓이 아닌데도 괜히 언니한테 미안한 기분이 듭니다.

……물론 내가 결혼한 직후에 정세가 변할 가능성도 없는 건 아니지만.

정세를 정하는 건 아우브와 그 주변에 계신 분들입니다. 저희는 윗분들의 행동에 휘둘리면서도 가능한 자신에게 유리한 입장을 찾아가며 살아가는 수밖에 없습니다.

서로에게 미안한 마음을 품은 채 조용히 차를 마셨습니다. 잠시 둘 다 입을 열지 않는 침묵의 시간이 흘러갔습니다. 하지만 그것은 숨이 막힐 것 같은 답답한 분위기가 아니라, 자신의 기분을 안정시키기 위해서 필요한 상냥한 침묵이었습니다.

"……페슈필 다과회에 대해 얘기해줄래, 크리스텔."

잔을 살며시 내려놓은 언니가 마음을 진정시켰는지 미소 지으며 말했습니다.

"어제 갔던 다과회에서, 모든 것이 신기하고 처음 겪는 일들뿐이었다고 의기양양한 얼굴로 말하는 분이 계셨거든. 참석했던 분들은 자기들끼리 그 이야기를 하기 바빠서, 대체 무슨 신기한 일이 있었는지 말해주는 사람이 아무도 없더라니까. 너무하지 않아?"

언니가 참석했던 다과회에서는 페슈필 다과회에 참석했던 분이 더 많았던 탓인지, 참석하지 않았던 언니는 따돌림당하는 기분을 맛봤던 것 같습니다. 하지만 저도 헤르미나 님도 페슈필 다과회에 대해서 얘기할 때는 페르디난드 님의 연주를 떠올리면서 약간 흥분하게 되고, 말할 수 없는 것도 많은 탓에 이런저런 말들이 생략돼서 다른 사람에게 전달하기 힘든 이야기가 돼버립니다.

"전 그분들을 탓할 수가 없어요. 페슈필 다과회에 참석했던 사람만 알 수 있는 일이 너무 많아서, 어떻게 말을 해야 참석하지 않았던 사람에게 전할 수 있을지, 저도 잘 모르겠거든요."

"어머나, 크리스텔 너도 그분들하고 똑같은 얘기를 하는구나."

한눈에 봐도 기분이 상한 언니에게, 살짝 미소 지었습니다.

"정말로 말만 가지고는 전하기 힘들고, 참석하지 않은 분들에게는 말하면 안 되는 것도 있으니까요. 그래도 집안에서라면 실물을 보여주면서 이야기할 수 있으니까, 언니도 이해할 수 있겠죠?"

저는 시종에게 불러서 편지함을 가져오라고 했습니다. 그 안에는 어제 그 다과회에서 손에 넣은 제 보물들이 전부 들어 있다. 저는 먼저 편지함에서 티켓 반쪽을 꺼냈습니다.

"보통 다과회랑 다르게, 페슈필 다과회에서는 초대장을 받는 게 아니라 이 '티켓'이라는 것을 구입해야만 참석할 수 있었어요. 구입할 때 좌석표를 보면서, 초대한 사람이 아니라 자기가 직접 빈 자리를 고르게 돼 있거든요."

그때 내가 놀랐던 부분에 대해 말했더니 언니는 눈이 휘둥그레지더니 "그럼, 신분이나 파벌과 상관없이 자리가 정해진다는 거야?"고, 손에 입을 대면서 말했습니다.

"예. 티켓 금액에 차이가 있어서, 같은 금액으로 정해진 자리라면 어디나 마음대로 앉아도 돼요. 페슈필을 연주하는 페르디난드 님과 가까운 자리는 비싸고, 멀리 떨어질수록 싸졌어요."

좌석표에 그 좌석을 구입하신 분의 이름을 적어서, 그걸 보고 거북한 분과 떨어진 자리에 앉을지 여부도 스스로 결정할 수 있는, 참신한 자리 정하는 방법이었습니다.

"헤르미나 님 말씀으로는, 자신이 좋아하는 자리에 앉아도 된다는 걸 보여주기 위해서 플로렌치아 님이 단상에서 떨어진 자리를 선택하셨다는 것 같아요. 플로렌치아 님 테이블에는 같은 파벌인 분들만 계셨지만, 그 옆 테이블에는 다른 파벌 사람들도 있었고, 가까운 자리에 있는 분들과 인사나 이야기를 주고받을 기회도 많았을 것 같아요."

저와 어머니는 티켓을 조금 늦게 구입했기 때문에 플로렌치아 님 가까운 자리에는 앉지 못했고, 헤르미나 님의 제안을 받아들여서 그 옆자리를 구입했습니다. 그래서 저는 헤르미나 님과 같이 연주를 들을 수 있었죠.

"……아무나 원하는 자리를 구입할 수 있다면, 베로니카 파벌 귀족들이 앞쪽으로 갈 수도 있다는 뜻이야?"

"이번에는 연주해주시는 페르디난드 님이 불쾌하시지 않도록, 엘비라 님이 라이제강 파벌 귀족을 앞쪽에 배치하셨다더라고요."

"페르디난드 님은 베로니카 님이 정말로 눈엣가시처럼 여기던 분이니까, 그렇게 배려해주셨다니 다행이네."

페르디난드 님은 영주 후보생이면서도, 귀족원에서도 베로니카 님의 명을 받은 학생들이나 그 학생들과 동행한 시종들로부터 매정한 행위를 받은 적이 있습니다. 그 일을 알고 있는 언니는 엘비라 님의 배려에 안심했다는 것처럼 미소 지었습니다.

"다과회 장소에 도착하니까, 시종들이 티켓을 확인하고 자리에 안내해줬어요. 그리고 반쪽을 잘라서 가지고 갔고. 봐, 여기 자른 자국이 있죠?"

뭘 하려고 절반을 회수한 건지는 모르겠지만, 어째선지 절반을 잘라서 가져갔습니다.

"페슈필 다과회에서 나왔던 과자는 카트르 카르와 쿠키라는 로제마인 님이 고안하신 새로운 과자였는데, 플로렌치아 파벌 다과회에서도 최근에서야 나오기 시작한 것들이었어요."

"신기하고 맛있었다고 하던데 말이야……."

한숨을 쉬는 언니에게 후훗, 하고 웃어 보이면서 꾸러미를 꺼냈습니다.

"이건 찻잎이 들어간 쿠키인데, 페르디난드 님이 즐겨

드신다고 들었어요. 연주가 끝난 뒤에, 오늘의 추억을 위한 기념품으로 판매하기에 구입했죠. 하나 드셔보시겠어요?"

나는 소중히 챙겨뒀던 쿠키를 하나만 집어서 언니에게 내밀었습니다. 언니는 흥미진진한 표정으로 쿠키를 본 뒤에, 살며시 입으로 가져갔습니다.

"……이 단맛은 설탕인가? 하지만, 너무 달지 않은 덕분에 얼마든지 먹을 수 있을 것 같아."

"아삭한 식감과 어렴풋한 단맛이 정말 맛있죠? 자꾸만 손이 가려고 하지만, 이건 내가 다과회의 추억으로서 소중하게 아끼면서 먹는 거랍니다."

저는 제 몫을 접시에 놓고는 바로 쿠키 꾸러미를 치웠습니다. 하루에 딱 한 개씩만 먹었는데, 벌써 두 개밖에 안 남았습니다.

"이 쿠키를 먹으면 그때의 페슈필 연주가 다시 머릿속에 되살아난다니까요. 내가 이 쿠키를 먹을 때는 꼭 하는 중요한 의식이 있어요."

"어머나, 어떤 건데?"

언니가 재미있다는 것처럼 나를 쳐다봤습니다. 저는 편지함에서 공연 프로그램을 꺼냈습니다. 표지에는 지금까지 거의 본 적이 없는 선명하고 굵은 선을 사용한 하얀색과 검은색의 그림으로 페슈필을 연주하는 인물이 그려져 있고, 곡목과 가사도 적혀 있습니다. 언니가 몸을 살짝 기울여서 들여다봤습니다.

"언니, 이건 '프로그램'이라는 건데, 다과회에서 연주한 노래들이 적혀 있어요. 기부 목적으로 인쇄업이라는 새로운 사업을 널리 알리기 위해서 만들었다더라고요. 전 항상 이 프로그램으로 곡목과 가사를 확인하고, 연주회의 모습을 머릿속에 선명하게 떠올리면서 이 쿠키를 먹어요."

저는 프로그램을 찬찬히 들여다보고, 그 뒤에 쿠키를 먹었습니다. 눈을 살며시 감으면 쿠키의 달콤한 맛과 함께 그 날 들었던 페슈필 소리가 머릿속에서 되살아납니다.

"전부 내가 모르는 곡들이네."

"언니, 작곡자 이름을 보세요. 로제마인 님 이름이 적혀 있죠?"

"로제마인 님이 작곡했고, 편곡자가 페르디난드 님과 로지나……? 로지나 씨는 어떤 분이시지?"

"로제마인 님의 전속 악사가 아닐까요? 아마도 로제마인 님이 본인의 악사에게 만들게 한 곡이 아닐까 싶어요."

그 어린 분이 이렇게 많은 곡을 만들었을 것 같지는 않으니까요. 전속 악사가 만든 곡을 로제마인 님의 곡이라고 발표했겠죠. 전속 악사에게 곡을 만들게 하는 건 그렇게 드문 일도 아니니까.

"작곡에 과자로 너무 기대하게 만들어놓으면 겨울 발표회 때 로제마인 님이 많이 힘드실 것도 같지만, 여기 있는 곡은 하나같이 정말 훌륭한 곡이었어요. 특히 이 게두르리히에게 바치는 연가는 필설로 이루 표현하지 못할 만큼 매력적이었고."

"페르디난드 님이 연가를 연주하셨다고? 나도 꼭 들어보고 싶은데. 귀족원에서 연습하시는 곡을 몰래 들어본 적밖에 없지만, 가슴에 스미어드는 것 같은 웅장하고 아름다운 연주였거든."

페르디난드 님과 같이 귀족원에 다닌 기간이 있는 언니와 다르게, 저는 처음으로 페르디난드 님의 페슈필을 들어봤는데, 정말로 예술의 여신 퀸트췰의 총애를 받았다고 생각할 수밖에 없는 목소리였습니다.

"페슈필 다과회에서는 방 구석구석까지 페르디난드 님의 목소리를 전하기 위해 마술구를 잔뜩 사용했는데, 덕분에 노래가 마치 귓가에서 울리는 것처럼 들렸어요. 봄의 여신들이 모여서 춤추는 모습이 눈에 보이는 것 같은 기분이었고, 발아의 여신 블루앙파가 찾아오신 것 같은 기분을 느낀 분도 많았을 거에요."

"그래, 알 것 같아. 왕녀님도 사랑하셨던 페슈필이니까."

언니가 조용히 웃으면서 고개를 끄덕였습니다.

"노래가 연가였던 탓인지 페르디난드 님의 노래 탓인지, 다과회에서는 감격과 흥분 때문에 기절하시는 분들이 끊이질 않았죠. ……여기서만 하는 얘긴데, 어머니도 기절하셨었어요."

"어머니가?"

"그렇다니까요. 파벌을 바꾸기 위해서라고는 해도, 돈이 너무 많이 들었잖아요? 그래서 처음엔 그다지 내키지 않으신 것 같았죠. 하지만 연가를 듣는 사이에……. 어머님만 그런 게 아니라, 저도 어느새 테이블 위에 엎드려버려서, 기사단이 밖으로 데리고 나가려 했다니까요. 급하게 일어나서 괜찮다고 말하기는 했지만."

여러 사람이 정신을 잃어서 기사단이 밖으로 데리고 나갔다는 이야기를 전했더니, 언니는 질렸다는 것만 같은 얼굴이 됐습니다.

"그런 공공장소에서 정신을 잃다니……."

숙녀로서 창피한 일입니다. 하지만 그 자리에 참석했던 분들은 그렇게 생각하지 않았다. 그렇게 돼도 어쩔 수 없다고, 그런 생각을 하게 되는 공간이었습니다.

"그건 정말 특별한 시간이었어요. 모든 분들이, 테이블 밑에서 빈 마석을 꽉 쥐고서 격앙되는 감정을 억누르고 계셨다니까요. 빈 마석에 마력이 차오를 정도로 감정이 격앙될 수 있다는 걸 알고, 저도 깜짝 놀랐어요."

만약의 경우를 위해서 빈 마석을 가지고는 있지만, 그걸 사용할 정도의 일은 어지간해서는 없습니다. 원래는 빈 마석을 사용하는 게 아니라 이성으로 감정을 억눌러야 하니까요.

"……참석하지 않은 사람에게 자세히 설명하지 못하는 것도 이해가 되네."

페슈필 다과회는 평소의 겉바르게 꾸민 사교의 장이 아니라, 자신의 감정을 훤히 드러내게 돼버리는 자리였습니다. 참가하지 않은 분께 설명하기 힘든 건, 자신의 추태를 드러내야 하기 때문이기도 했습니다. 그 흥분이 즐거웠다는 기분을 공감할 수 있는 사람이 아니면, 이야기가 재미없어지니까요.

"마지막에는 아우브도 달려오셔서, 페르디난드 님과 둘이서 페슈필을 연주하셨죠. 아우브의 연주도 처음 들어봤는데, 정말 잘 하시더라니까요. 두 분이 되니까 음에 두께가 생기고 정말 화려해지더군요. 이번엔 잘 알려진 제휴네의 노래라서, 다 같이 따라 불렀죠. 말로는 도저히 표현할 수 없는 일체감에 휘감긴, 지금까지 겪어보지 못한 다과회였어요. 또 경험할 수 있다면 꼭 가고 싶어요."

"……나도 가보고 싶어졌어."

호오, 하고. 언니가 부러워하는 것 같은 한숨을 내쉬었습니다.

"후후, 언니한테는 특별히 이것도 보여줄게요. 이것도 참가한 사람들만 아는 비밀이고, 제 보물이랍니다."

저는 편지함에서 천으로 감싸놓은 것을 꺼냈고, 조심조심 천을 벗겼습니다.

"어머나! 페르디난드 님 그림이잖아! 이게 대체 어떻게 된 거야? 베로니카 님이 아시기라도 하면 우리 가문은 …… 아, 이젠 안 계시지."

언니는 페르디난드 님의 그림을 빤히 쳐다보면서 얼굴이 풀어졌습니다. 페르디난드 님과 같이 귀족원에 다녔던 언니가 남몰래 그분을 동경했던 걸, 저는 알고 있습니다.

……디터에서 활약하셨다거나 페슈필 솜씨가 훌륭하시다는 등등, 페르디난드 님의 이야기를 잔뜩 들었으니까요.

"이건 인쇄라는 새로운 기술로 만든 그림이에요. 예쁘죠? 아름답죠? 이목구비가 수려한 페르디난드 님을 잘 표현했죠? 이것만 보고 있으면, 저는 몇 번이고 그 연주를 머릿속에 떠올릴 수 있답니다."

저는 때가 타거나 흠집이 나지 않도록 세심하게 주의하

면서, 그림 세 장을 테이블 위에 늘어놓았습니다. 방에 걸어 놓을 수 있게 액자도 주문해두기는 했지만, 완성되려면 아직 멀었다. 그때까지는 소중하게 보관해둬야 했습니다.

"헤르미나 님이 알려주셨는데, 인쇄는 완전히 똑같은 서류를 만들 수 있는 새로운 기술이라나봐요. 저는 똑같은 걸 잔뜩 만들 수 있다는 게 대단한 일이라는 건 알겠지만, 기부금까지 받아가면서 해야 할 가치가 있는 건지, 처음에는 잘 몰랐답니다."

연주가 시작되기 전에 헤르미나 님이 프로그램을 구입해서 보여주셨을 때는, 같은 내용의 문서가 필요하다면 문관을 잔뜩 모으면 되는데, 라고 생각했습니다.

"그러게. 귀족이 줄어든 지금 세상에서는 도움이 될지도 모르겠지만, 문관이 늘어나고 그 사람들이 하면 되는 일이니까. 결코 마력이 많다고 할 수 없는 하급 문관들의 일을 빼앗게 되지 않겠어?"

저는 언니와 다르게 하급귀족들의 일 문제까지는 생각하지 못했지만, 많은 돈을 들여서 인쇄하는 의미를 모르겠다는 귀족들도 많았을 거라고 생각했습니다.

"하지만 페르디난드 님의 연주를 들은 뒤에 판매한 이 그림을 봤더니, 그런 생각이 사라져버렸어요. 완전히 똑같은 물건을 잔뜩 만들 수 있다는 게 무엇보다 중요한 점이더라고요. 문관이 이 그림을 온전히 똑같이 베낄 수 있을까요?"

보통 그림을 주문하면 완성될 때까지 시간이 오래 걸리고, 완전히 똑같은 그림을 많은 분께 동시에 팔 수도 없습니다. 그리고, 똑같은 그림을 다 같이 공유한다는 점이 좋은 겁니다. 추억을 공유한다는 부분이 강조되잖아요.

"그러니까, 이거랑 똑같은 그림이 잔뜩 있다는 얘기야?"

"맞아요. 페슈필 다과회에는 인쇄라는 것으로 만든, 완전히 똑같은 그림이 각각 백 장씩 있었어요. 전부 다 팔린 것 같지만……."

언니가 페르디난드 님의 그림을 잡아먹을 기세로 쳐다본 뒤에, 큰 결심을 한 얼굴로 나를 쳐다봤습니다.

"크리스텔, 이거 하나 나한테 양보해. 이 그림이 있으면 나도 다과회에서 이야기에 끼어들 수 있을 테니까."

"그건 안 돼요, 언니."

"세 개나 있으니까 하나쯤 줘도 되잖아. 나도 페르디난드 님 그림이 갖고 싶단 말이야."

언니가 귀족원 시절에 페르디난드 님을 동경했다는 것도 알고, 페슈필 다과회에 참석하지 못한 언니가 다른 다과회에서 이야기에 참여하는 데 이 그림이 큰 무기가 된다는 건 이해합니다.

하지만, 테이블 위에 있는 세 장의 그림은 전부 다른 그림입니다. 그리고 어머님께 액자가 나올 때까지 흠집 하나 나지 않게 잘 보관하겠다고 약속하고, 내가 보관하고 있는 물건입니다. 멋대로 양도할 수도 없고, 눈을 번뜩이면서 이 그림을 사들였던 어머님이 이걸 집 밖으로 내보낼 리도 없을 테니까요.

"이건 어머님이 저한테 맡겨두신 거예요. 아무리 언니라도 줄 수 없어요. 한 장에 대은화 다섯 닢이나 했다니까요."

"물감으로 색을 입힌 것도 아닌 그림이 대은화 다섯 닢이라고? 그런 걸 세 장이나 사다니, 아버님이 잘도 허락하셨네?"

"당연히 야단맞았죠. 아무리 그래도 겨우 다과회 한 번에 돈을 너무 많이 썼다고……. 하지만 어머님이 파벌을 옮기는 데 필요한 경비라고, 잘 구슬려서 넘기셨어요."

처음에는 그다지 내키지 않던 어머님께 아버님이 꼭 참가하라고 명령하셨기 때문에, 아버님도 더 이상은 뭐라고 말하지 못하셨던 것 같습니다.

"어머나, 말은 그렇게 하셔도, 어머님도 정신을 잃을 정도로 감정이 격앙되셨잖아?"

"아, 그 얘기는 꼭 비밀로 해야 해요 언니. 제 소중한 쿠키까지 줬으니까요? 그건 페슈필 다과회에서만 팔았던 물건이라고요."

언니가 한심하다는 기분과 감탄하는 기분이 섞인 것 같은 숨을 내쉬었을 때, 올도난츠가 날아 들어왔습니다.

"어느 분이 보내셨을까?"

올도난츠 방 안을 한 바퀴 돌고, 제 앞에 와서 앉았습니다.

"크리스텔 님, 헤르미나입니다. 엘비라 님의 주최로, 열흘 뒤에 페슈필 다과회의 감상을 나누기 위한 다과회가 열립니다. 페르디난드 님의 그림을 전부 구입하신 분을 초대하신다고, 엘비라 님이 말씀하셨습니다. 꼭 즐거운 이야기를 나눠보도록 해요."

헤르미나 님이 신이 난 목소리로 세 번, 다과회에 관한 이야기를 되풀이했다. 할 일을 마친 올도난츠는 노란색 마석으로 변해버렸다.

"그림을 전부 사면 엘비라 님의 다과회에 초대받는다고? ……이렇게 되면 아버님도 어머님께 뭐라고 할 수가 없겠네."

벌어진 입을 다물지 못하겠다는 얼굴로 그렇게 말한 언니에게, 저는 말 없이 몇 번이나 고개를 끄덕여 보였습니다.

"언니, 저, 엘비라 님께 부탁드려볼게요. 페슈필 다과회를 한 번 더 열 수는 없으신지……."

"크리스텔, 난 남편이 허락하지 않으면 참가할 수 없으니까, 그림만이라도 판매해달라고 부탁드려줘."

자매 둘이서 즐겁게 이야기를 나눈 다과회로부터 열흘 뒤, 저와 어머님은 엘비라 님의 다과회에 갔습니다. 페슈필 다과회의 감상을 나눈다기보다는 페르디난드 님을 찬양하는 모임 같았지만, 지금이 기회라는 거처럼 감정을 격앙시키고 추억에 잠기는 시간은 무엇과도 바꿀 수 없는 즐거운 시간이었습니다. 그런 즐거운 시간 속에서 '꼭, 다시 한번 페슈필 다과회를'이라는 이야기가 나온 것은 자연스러운 흐름이었겠죠.

"저도 정말 아쉽지만, 페슈필 연주를 듣는 것도 페르디난드 님의 그림을 다시 파는 것도, 할 수 없습니다."

단 한 번만이라는 약속으로 페르디난드 님이 협력해주셨기 때문에 두 번째는 힘들다는 것과, 페르디난드 님의 그림을 판매했다는 것이 아우브를 통해 본인에게 알려졌고, 페르디난드 님이 그림을 인쇄한 로제마인 님께 다시는 그림을 팔지 말라고 엄하게 꾸중하셨다는 이야기를, 엘비라 님이 알려주셨습니다.

……이게 무슨 일인가요. 인쇄가 얼마나 훌륭한 것인지 알게 된 직후에, 많은 돈을 기부한 저희를 절망에 빠트리다니!

전, 아우브 에렌페스트에 대한 불만을 도저히 씻어낼 수 없을 것 같습니다.

초조한 기분
(「소설가가 되자」 SS 보관소·투리 시점)

"투리, 이제 그만 하고 자렴?"

"이거만 끝나고 잘게."

잘 준비를 마친 엄마가 말했고, 나는 대답하면서 서둘러서, 그러면서 최대한 예쁘게 꽃잎 한 장을 마무리했다. 실을 자르고, 꼼꼼하게 마지막 처리를 한 뒤에 코바늘을 내려놓고는, 지금 막 완성한 빨간 꽃잎을 보며 몸을 뒤로 쭉 젖히면서 "으음~"라고 크게 기지개를 켰다.

"다프라 견습이 된 뒤로 많이 바빠졌네."

"전부 마인 때문이야."

코바늘을 도구상자에 넣고, 나는 뾰로통해서 입술을 삐쭉 내밀었다. 내가 다프라 견습으로 길베르타 상회에서 일하기 시작할 무렵부터, 코린나 님과 오토 님이 차례로 귀족님한테서 꽃장식 주문을 받아오게 됐다. 귀족님들의 별 축제에서 마인이 무슨 짓을 했는지, 순식간에 손님이 늘어났다. 브리기테 님의 새 의상이 크게 인기를 끌어서 그런가 싶기도 했지만, 새 의상 주문은 거의 없었다. 그냥 꽃장식만 많았고.

덕분에 머리 장식을 만드는 나는 엄청나게 바빠졌다. 물론 공방에 나 말고도 꽃을 만드는 사람들이 있지만, 내가 가장 많은 종류를 만들 수 있고 익숙하기 때문에, 아무래도 나한테 집중됐다.

사실은 마인이 준 보내준 그림책이나 편지 속에 '이렇게 짜는 방법도 있는데, 머리 장식에 쓸 수 있을까?' 같은 문장이나 짜는 방법 기호가 적혀 있기도 했다. 다른 사람들은 그 기호를 모르기 때문에, 처음에 만드는 건 당연히 내가 하게 된다. 마인이 가르쳐준 짜는 방법을 나 혼자 익히고, 새로운 꽃을 만들 수 있는지 시험해본 뒤에 다른 사람들한테 가르쳐줘야 하기 때문에, 어느샌가 나는 공방에서 가르치는 처지가 돼 있었다.

기왕 다프라 계약을 했으니까 공방에서 중요하게 여겨주는 건 기쁜데, 머리 장식만 만들고 재봉 실력 자체는 늘지 않는 기분이 든다.

"난 마인한테 옷을 만들어주기로 약속했어. 그런데 머리 장식만 만들고……. 의상 만드는 일도 더 하고 싶은데."

"하지만 예의범절을 더 배우면, 귀족님 저택에 데려가줄 수도 있지 않을까?"

"그건 그런데……."

나는 하아, 하고 한숨을 쉬었다. 예의범절은 어렵다. 어디가 어떻게 다른지, 난 하나도 모르겠다. 그런 내 상황을 생각해보면, 말투나 행동이 엄청나게 좋아진 루츠가 너무나 부럽다. 루츠도 나처럼 마인한테 휘둘리는 처지인데, 루츠만 확실하게 귀족님한테 다가가고 있다.

올해는 여름 중반부터 겨울 준비가 시작되는 시기까지, 루츠는 일크너인가 하는 멀리 떨어진 곳에 갔다. 새로운 종이를 만드는 일을 할 거라고, 그렇게 말하면서.

그 일크너에 높은 귀족님이 오신다고 해서, 다 같이 예의범절 연습을 했다는 것 같다. 귀족을 섬겼던 회색 신관이 선생님 역할을 맡았고, 루츠도 같이 연습했다는 것 같다. 난 머리 장식 만드느라 바쁜 데다 선생님도 없는데, 루츠 혼자만 치사하다는 생각이 든다.

"그럼 투리는 루츠한테 배우면 되잖아?"

"……루츠도 바쁘단 말이야. 그것도 마인 때문이지만."

일크너에서 새 종이를 연구하기 위한 재료 여러 가지를 가지고 돌아왔는지, 지금 루츠는 잉크 공방과 목공 공방을 열심히 뛰어다니고 있다.

"카밀은 좋겠다. 마인이 주는 게 일이 아니라 장난감이라서."

얼마 전에 루츠가 마인이 목공 공방에 주문했다는 장난감을 가지고 와서 카밀한테 줬다. 얇은 나무판으로 만든 상자에 여러 가지 모양의 구멍이 나 있고, 그 구멍이랑 똑같은 모양의 나무토막을 구멍에 넣으면서 노는 장난감이라는 것 같다. 아직 제대로 하는 건 동그란 모양뿐이지만, 그래도 카밀은 정신없이 가지고 놀고 있다.

장난감을 가지고 와주는 루츠를 엄청 잘 따르고 있으니까, 이대로 크면 루츠의 소개를 받아서 플랑탱 상회의 견습이 될지도 모른다.

"저기 엄마. 카밀도 평생 마인한테 휘둘리면서 살지 않을까?"

"그럴지도 모르겠지만, 카밀이 선택할 일이니까. 투리 너도 좋아서 하는 거잖아? ……그거, 마인한테 줄 겨울 장식 아니니?"

엄마가 탁자 위에 있는 빨간 꽃잎을 가리켰다. 정곡을 찔린 나는, 살짝 말문이 막히면서 꽃잎을 집어 들었다.

"……계절 바뀔 때가 다 됐는데, 마인이 머리 장식을 주문하지 않으니까. 그래서 내가 만들어서 가져다줘야 하잖아? 영주님 양녀가 됐는데도 매년 똑같은 장식을 달고 다니면 창피한데 말이야. 난 마인이 창피하지 않게 하려고……."

"오랜만에 만나고 싶다고 솔직하게 말하면 되잖아……."

그렇게 말하고, 엄마는 조용히 웃었다. 나는 볼을 살짝 부풀렸다.

……마인도 바빠서 자주 만나지 못하니까, 요즘에는 솔직하게 보고 싶다는 말도 못 하게 됐다.

어쩌면 나 혼자만 보고 싶은 걸까? 새로 생긴 귀족님 가족이 더 좋아진 건가? 같은 생각을 하면서 풀이 죽었다.

나는 그런 불안을 만들던 중인 머리 장식과 같이 정리하면서, 엄마한테는 살짝 웃으면서 어깨를 으쓱거려 보였다.

"난 마인이 빨리 괜찮아지기만 하면 돼. 약재료는 전부 구해놨다고, 루츠가 그랬어."

"그래, 마인이 괜찮아진다고……."

엄마는 그렇게 말하고, 기쁜 것 같으면서도 쓸쓸해 보이는 복잡한 표정으로 웃었다. 난 그 기분을 잘 알 수 있었다.

마인이 괜찮아지는 건 기쁘지만, 왠지 더 멀리 가버릴 것 같은 기분도 들었다. 허약해서 맨날 쓰러지던, 우리가 알고 있던 마인이 점점 멀어져가는 것만 같은, 우리를 두고 가버리는 것 같은 기분이 든다.

……가능한 한 빨리 일류 재봉사가 될 테니까 너무 먼 데까지 가지는 마, 마인.

나는 빨간 꽃잎을 살짝 어루만졌다.

측근 생활 시작
(오리지널 SS)

"브륀힐데 님, 로제마인 님으로부터 측근에 관한 타진이 있었습니다. 공주님은 신전에서 자라신 데다 2년에 걸친 긴 요양 탓에 보통 귀족으로서 부족한 부분이 많으십니다. 그걸 보완해드려야 하는 측근은 상당히 힘든 일이 되겠죠. 그걸 이해하시고, 측근 견습으로서 공주님을 섬겨주시겠습니까?"

내가 수석 시종 리카르다를 통해서 측근이 되겠냐는 타진을 받은 것은, 로제마인 님이 기숙사에 들어가신 날의 일이었다. 리젤레타한테 한 소리 들을 정도였다. 신입생을 환영하는 자리에서 로제마인 님께 너무 주장한 건 아닌지 조금 걱정이 됐기에, 이 타진을 받고서 가슴을 쓸어내렸다.

"저는, 로제마인 님이 눈을 뜨시길 기다리고 있었습니다. 아버님도 섬기려면 로제마인 님을 섬기라고 하셨으니까요."

"어머나, 기베 그레첼다운 말이군요."

베로니카 님에게 억눌려 있던 라이제강 파벌 귀족은, 로제마인 님을 자신들이 후원할 영주 후보생으로 정했습니다. 기베 그레첼의 딸인 저는 라이제강 파벌 귀족과 관계가 깊고, 영주의 양녀가 된 테드 님과 엘비라 님의 따님이 되시는 로제마인 님을 잘 돌보라는 명을 받았습니다.

그리고 갑자기 로제마인 님과 양자의 연을 맺은 아우브의 꿍꿍이와, 라이제강 파벌 귀족과 보니파티우스 님의 친척이 아니라 아우브의 측근이었던 리카르다가 수석 시종으로 임명받은 속뜻을 캐보라는 부탁도 받았다.

……아버님께는 아버님 나름대로 꿍꿍이가 있겠지만…….

그런 속뜻을 캐는 건 정보수집을 잘 하는 하르트무트 님을 비롯한 라이제강 파벌 견습 문관한테 맡기면 되겠지. 저는 로제마인 님과 가능한 가까워져서, 머리 장식이나 새로운 조리법 같은 것들을 중앙으로 보내고 싶다.

……이제야 유행을 발신해도 된다는 허가를 받았으니까. 짧은 귀족원 기간에, 쓸데없는 일에 할애할 시간은 없다.

"기꺼이 받아들이겠습니다, 리카르다 님."

"앞으로는 같은 주인을 섬기는 측근입니다. 그냥 리카르다라고 불러주세요, 브륀힐데."

측근의 방은 영주 후보생의 방 맞은편에 모여 있기 때문에, 저도 지정된 방으로 이동하라는 명을 받았다.

"구조는 상급귀족 방과 똑같네."

영주 후보생의 측근이 되는 사람들은 상급귀족인 경우가 많기 때문에, 기숙사의 구조는 상급 귀족 방에 맞춘 것 같다. 측근이 된 중급귀족은 방이 넓어지고 가구가 호화로워지겠지만, 나는 딱히 달라진 게 없다. 방을 둘러보고 있는데 안게리카가 나를 부르러 왔다.

"짐 이동은 일꾼과 본인의 시종에게 맡기고, 로제마인 님께 인사부터 해주세요."

"알겠습니다."

시종에게 다음에 할 일을 지시한 뒤에 방에서 나와 보니, 로제마인 님의 방 앞에 새로운 측근들이 모여 있었다. 안게리카와 이야기하고 있는 사람은 리젤레타. 4학년인 중급 견습 시종인데, 정중하고 꼼꼼하게 일을 한다고 나이 많은 시종들 사이에서 평가가 높다는 것 같다. 그 사람은 로제마인 님께 은혜를 느끼고서 그분을 섬기겠다고 부탁했다는 이야기를 들었다.

……어머님이 플로렌치아 님의 시종이고 언니 안게리카가 로제마인 님의 견습 호위 기사. 파벌적으로는 경계할 필요가 전혀 없을 것 같다.

안게리카 옆에서 두 사람의 이야기를 들으며 연보라색 눈을 반짝이고 있는 사람은 2학년 유디트. 퀼른베르거 국경문을 지키는 기사의 딸이다. 나이에 비해 잘 단련됐다느니, 안게리카를 동경해서 로제마인 님의 측근이 되려고 했다는 이야기를 들은 적이 있다.

……퀼른베르거는 구 베로니카 파벌과 조금 거리가 있었으니까, 크게 경계할 필요는 없겠지.

"필린느, 당신도 발탁됐군요? 저, 같이 섬기게 돼서 정말 기뻐요."

"필린느는 계속 로제마인 님을 위해서 이야기를 썼으니까요. 정말 잘 됐어요."

유디트가 밝은 목소리로 말을 걸고, 리젤레타가 상냥하게 손짓을 하자 쭈뼛쭈뼛 다가온 사람은, 하급 견습 문관인 1학년 필린느입니다. 어린 방에서는 '측근으로 발탁될지 정해지지 않았다'라고 했었는데, 로제마인 님이 주위의 걱정을 무시하고 강행하신 걸까.

……다무엘도 그렇고, 필린느도 그렇고, 로제마인 님은 신분에 상관없이 자신이 좋아하는 사람을 측근으로 발탁하는 분인 것 같다.

물론 누구를 발탁할지는 로제마인 님 마음이지만, 영주 일족의 측근이 되고자 하는 사람은 잔뜩 있다. 하급귀족이 발탁된 것을 불쾌하게 여기는 이도 많을 것이다. 같은 측근인 저희가 상당히 신경을 써주지 않으면, 어리고 신분이 낮은 필린느는 주위의 압박을 견뎌내지 못할지도 모른다.

……그나저나 로제마인 님은 라이제강의 희망의 빛, 이 맞겠지?

눈에 들어온 새로운 측근 중에 라이제강 파벌 귀족의 얼굴이 안 보인다. 호위기사 견습에 친 오라버니 코르넬리우스가 있으니까 전혀 없는 건 아니지만. 왠지 라이제강 파벌 귀족과 조금 거리를 두는 것 같은 측근 선택이라는 생각이 드는 건, 너무 깊이 생각한 탓일까.

"어머나, 내가 늦었나 보군요?"

목소리가 들려서 뒤를 돌아보니, 4학년 레오노레가 기사답게 절도있는 동작으로 다가오고 있었다. 잘 아는 라이제강 귀족을 보고, 가슴을 쓸어내렸다. 라이제강 파벌 귀족의 얼굴이 너무 없어서 불안했는데, 내가 잘못 생각했나 보다.

"레오노레도 측근이 됐군요."

"예. 앞으로 측근 동료로서, 지금까지보다 더 사이좋게 지내도록 해요."

친척들이 모였을 때도 나이가 비슷해서 같이 지낸 적이 많은 레오노레가 견습 호위기사가 됐다니, 저는 너무나 기뻤다.

"로제마인 님, 측근을 들여도 될까요?"

안게리카가 문을 열고 그렇게 말하자, 방 안에서 "예, 들어오세요"라는 로제마인 님의 목소리가 들려왔다. 저희는 신분 순서대로 줄을 서서 안게리카를 따라갔다.

……방이 정말 넓다!

영주 일족의 방에 들어와 보는 건 처음인데, 방이 너무 넓어서 깜짝 놀랐다. 아무리 봐도 개인이 사용하는 방 수준이 아니었다.

방에 들어오면 바로 왼쪽에 같은 모양의 의자들이 줄지어 있다. 다과회 때에 손님 숫자에 맞춰 조정하기 의한 것들이겠죠. 그리고 오른쪽 벽에는 그림과 자수 작품들이 걸려 있다. 로제마인 님의 작품인 것이 분명했다. 아무래도 로제마인 님은 2학년 발표회에서 봉납했던 음악은 물론이고, 회화와 자수도 잘 하시는 것 같다. 축복까지 넘쳐나던 음악을 떠올리며, 저는 살며시 한숨을 쉬었다.

……긴 잠에 들지만 않았다면 대체 얼마나 성장하셨을까. 정말 안타깝다.

로제마인 님은 문에서 똑바로 걸어가면 있는 원형 테이블에 앉아서 우리 쪽을 바라보셨다. 귀족원에 입학한 분이라는 것을 믿을 수 없을 정도로 어린 모습을 보고, 처음으로 겨울에 어린이 방에서 인사를 나눴던 때가 생각났다. 그 시절에 비해서 거의 달라지지 않았다.

높이를 조절하기 위해 쿠션을 깔아놓은 의자에 앉았고, 발이 바닥에 닿지도 않는 어린 모습을 보니까 습격범에게 따지고 싶은 기분이 들었다. 로제마인 님 본인도 힘드시겠지만, 주인이 귀족원에서 불편한 점 없이 지내실 수 있도록 준비해야 하는 시종들도 정말 힘들겠죠.

……물론, 나도 완벽하게 해내야지.

그런 결심을 가슴에 품고, 나는 기베 그레첼의 딸로서, 로제마인 님 앞에서 최대한 아름답게 보이도록 한쪽 무릎을 꿇었다.

"로제마인 님, 발탁해주셔서 정말 감사하게 생각합니다. 유행을 퍼뜨리는 일에 대해서는 부디 제게 맡겨주세요."

"예. 브륀힐데에게는 사교에 관한 일을 맡길 생각입니다."

유행 등의 정보수집을 했던 실적을 인정받아서, 다른 영지와의 사교를 맡겨주셨다. 내가 지금까지 해온 일을 인정받고 내가 바라는 일을 손에 넣은 것이 너무나 기뻐서, 저는 입술이 제멋대로 웃는 모양을 그리려는 걸 말리느라 정말 힘들었다.

에렌페스트에서 유행하는 것을 어떻게 널리 퍼트려야 좋을지 생각하는 사이에, 리젤레타가 인사를 마쳤다.

"공주님, 견습 시종 두 사람은 제가 이 방에서 일을 가르치도록 하겠습니다."

인사를 마치자마자 바로 일에 대해서 설명하려는 것 같다. 리카르다가 안쪽으로 걸어갔다.

"그럼 로제마인 님의 방과 견습 시종의 일에 관해 설명

하겠습니다. 귀족원의 방 구조는 성과 같습니다. 가구는 방에 갖춰진 것을 영주 후보생들이 대대로 사용하는 것인 만큼, 방의 분위기는 다릅니다만."

대부분의 가구가 방에 갖춰져 있는 건 저희 방과 똑같은 것 같다. 자세히 보니 꽤 오래된 가구다.

왼쪽에는 난로가, 오른쪽에는 공부용 책상과 책장이 있다. 식물과 칸막이로 살짝 가려놓은 곳에는 사적인 공간이 있었다. 페슈필 연습용 의자, 휴식을 의한 장의자, 장식장 등이 배치돼 있다. 그 안쪽에는 작은 로제마인 님이면 여러 명이 누울 수 있을 것 같은 커다란 침대가 보인다.

……안쪽으로 갈수록 사적인 공간이 되는구나.

그렇다면 지금 로제마인 님이 계시는 원형 테이블과 똑같이 생긴 의자들은 휴식을 위한 자리가 아니라, 이 방에서 가장 공적인 장소라는 뜻이 됩니다. 나는 살짝 뒤를 돌아봤다.

"리카르다, 다른 영지에서 온 자는 기숙사에 들어올 수 없으니 귀족원에는 다실이 있을 거라고 생각했는데, 영주 후보생 방에서 다과회를 할 수 있나요?"

"내년에 샤를로테 님이 입학하시면 이쪽에서 다과회를 하는 일도 있겠죠. 두 분은 정말 사이가 좋으십니다."

로제마인 님은 샤를로테 님이 세례식을 행하신 날 밤에 습격당해서 2년 동안 잠들어 계셨고, 가을 끝 무렵에 눈을 뜨셨다고 들었다. 대체 언제 친목을 다진 시간이 있었던 걸까. 올해 어린이 방에는 로제마인 님이 거의 안 계셨기 때문에, 저는 두 분이 같이 계신 모습을 거의 본 적이 없다.

"그리고 원형 테이블의 용도 말입니다만, 귀족원에서는 로제마인 님과 측근들 사이에 일상적인 보고를 하거나 측근이 강의 과제를 돕기도 하고, 로제마인 님이 주도하는 다과회 준비에 대해 의논하는 등에 사용합니다. 남성 측근과 함께 상담할 때는 1층 회의실을 사용하게 됩니다."

"귀족원에서는 이라는 얘기는, 성에서는 또 다른 용도가 있다는 건가요?"

"그건 성에 돌아간 뒤에 말씀드려도 되겠죠."

하긴, 지금 당장 필요한 일은 아닙니다. 뒤로 미뤄도 되겠죠. 내가 나중에 들어온 분께 일을 가르칠 때도 '지금 당장 필요한 것'부터 순서대로 가르쳐야겠다고 생각하면서 고개를 끄덕였더니, 리젤레타가 고개를 갸웃거리고 있었다.

"왜 그러죠, 리젤레타."

"저…… 책 상자가 장의자 옆에 있는데, 잘못 놔둔 건 아닌가요? 보통은 책상 근처에 배치하는데 말이죠……."

로제마인이 소개하는

내 방의 모습!

갤러리
낮은 장식장 위에는 그림과 손으로 짠 레이스를 장식해놨어. 원래는 내가 만든 물건을 놔야 한다나봐. '그렇다면 내가 만든 책을 놓고 싶어'라고 했더니, 신관장님이 '어리석은 녀석'이라고 화냈어. 흥이다!

측근 방
성에서는 측근들이 식사하거나 간단한 작업을 하고, 측근들끼리 연락을 주고받는 곳.

승강기
다른 층과 연락을 주고받기 위한 물건. 주방에서 만든 음식이 왜건 채로 온다나봐.

윗방
난 들어간 적이 없지만, 옷이나 천, 마술구 등이 줄줄이 나와…… 넓은 창고려나?

탈의실
세안, 옷 갈아입기 등등 몸단장하는 곳. 내 전용이라나봐. '화장실은 다 같이 쓸까?'라고 제안했다가 혼났어. 이해가 안 되네.

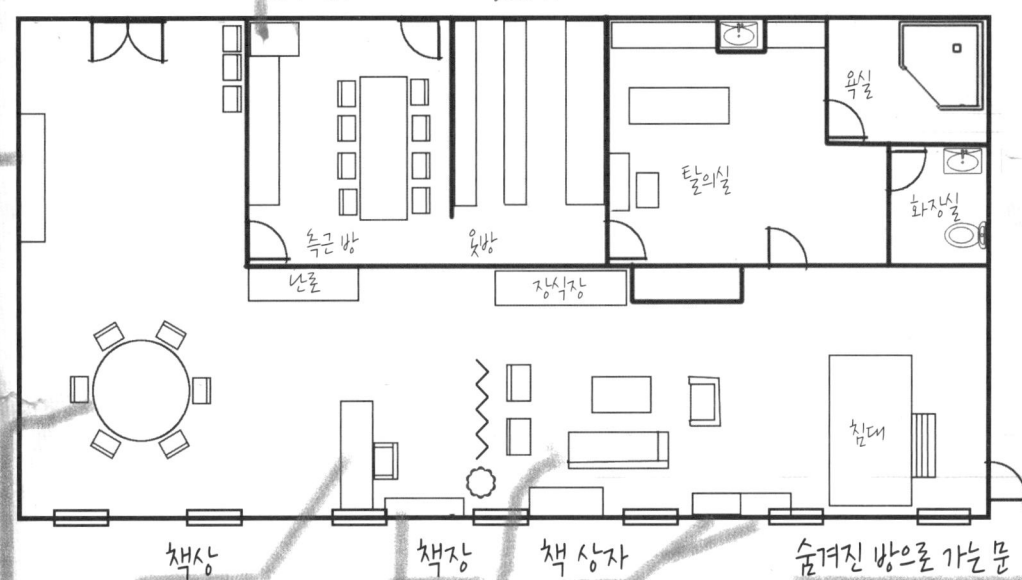

(평면도 내 표기: 측근 방 / 윗방 / 난로 / 장식장 / 탈의실 / 욕실 / 화장실 / 침대)

책상
책상도 의자도 어른용. 나도 빨리 크고 싶어. 도서실에서 빌려온 커다란 책을 읽을 때는 여기서.

책장
공부나 집무에 필요한 책과 자료를 두는 곳. 열쇠 관리자는 리카르다. 열쇠 갖고 싶어.

책 상자
난 침대랑 숨겨진 방 사이에 두고 싶었는데 안 된다더라고. 너무해. 나 삐쳤어.

숨겨진 방으로 가는 문
숨겨진 방은 마력으로 만드는 방. 신전이랑 달라서 성이나 귀족원은 조합도구가 없어서 거의 안 써.

원형 테이블
제3부 5권에서 샤를로테랑 차를 마시고 발프리트 오라버니에 대해 얘기했던 곳. 평소에는 내가 식사할 때 써. 측근의 도움을 받을 때도 여기서 해.

장식장
페슈필이나 꽃, 장식용 접시 등이 있어. 예쁘지만 자꾸 악기 연습하라는 게 싫어. 책을 두려고 했더니 '책장도 책 상자도 있으니까 충분해'라고 했어. 책은 아무리 많아도 좋은데 말이야.

장의자
데굴거리면서 책을 읽으면 행복하겠지만, 자세가 안 좋다고 리카르다한테 야단맞아. 하지만 크고 무거운 책은 내가 못 드는 말이야. 장의자에서 못 읽는 게 너무 아쉬워. 쳇……

의자
두 개가 나란히 있는 의자는 페슈필 연습용. 그래서 팔걸이가 없어. 나랑 로지나 의자. 또 하나는 팔걸이가 있고. 성에서는 밤에 불침번이 사용해.

리젤레타의 말을 듣고서 자세히 봤더니, 침대와 장의자 사이에 책 상자가 두 개나 놓여 있었다. 빨간색과 분홍색의 귀여운 색으로 통일된 휴식 공간에는 조금 어울리지 않는 투박한 느낌의 책 상자다.

리카르다는 로제마인 님을 슬쩍 본 뒤에, "잘못 놔둔 것이 아닙니다"라고, 곤란해 보이는 얼굴로 한숨을 쉬었다.

"공주님은 책이 없으면 편히 쉬지 못하신다는 것 같습니다. 자유시간에는 기본적으로 독서를 하십니다. 책을 읽기 시작하면 주위를 전혀 보지 않으시기 때문에, 책 상자와 책꽂이 열쇠는 제가 관리하고, 일곱 번째 종이 울리면 책을 치우고 잠가버립니다. 로제마인 님은 독서에 빠지시면 주무시질 않으시니까요."

독서를 권장한다는 영주 후보생의 이야기는 들어본 적이 있지만, 독서를 제한받는 영주 후보생 이야기는 처음 들었다. 리카르다의 말을 들어보면, 생활에 영향이 미칠 정도로 책을 좋아하시는 것 같다.

……그러고 보니, 어린이 방에서도 즐겁게 두꺼운 책을 보고 계셨다.

다 같이 공부하는 시간이라서, 본인 공부가 끝났어도 주위에 맞춰주기 위해 공부하는 것처럼 보이려고 했던 게 아닌가 싶었는데, 원래 독서를 좋아하셨던 것 같다.

"저기 침대 너머에 있는 문은 숨겨진 방으로 가는 문입니다. 저희가 들어갈 수 있는 것은, 청소를 부탁하시고 초대하셨을 때뿐입니다."

고개를 끄덕이면서, 나는 침대를 올려다봤다. 침대 자체는 오래된 것이지만 두께감이 있는 천막이 걸려 있고, 안에 있는 잘 정돈된 침구는 아름다운 자수가 들어가 있다. 상급귀족이 사용하는 것보다 질이 좋다는 걸 한눈에 알아볼 수 있었다.

"여기는 탈의실입니다. 이쪽이 화장실, 저쪽이 욕실로 들어가는 문입니다. 세면대에 있는 녹색 마석 물 주전자는 지하층에 있는 물병과 직결돼 있습니다. 여기 녹색 마석으로 욕조에 물을 받고, 파란 마석으로 데웁니다. 욕실 전용 마술구입니다."

"저는 강의에서 배웠습니다만, 브륀힐데는 올해 3학년이 됐으니까 아직……."

"아뇨, 문제없습니다. 이런 마술구는 저희 집에도 있으니까, 사용 방법은 알고 있습니다."

넓이는 달라도, 탈의실 등이 사용 방법은 우리 집과 거의 같다. 욕실이나 화장실 사용 방법은 가족이 공유하고 있는 리젤레타 쪽이 익숙해지는 데 시간이 걸릴지도 모른다.

"욕실 안에서 사용하는 것들은 이 바구니에 들어 있습니다. 물을 준비한 뒤에 옮겨 주세요."

로제마인 님이 고안하셨다고 듣기는 했는데, 여기에는 내가 모르는 향기의 린샴이 있다. 로제마인 님을 위해서 만든 것이겠지. 내가 유행의 최첨단을 접하고 있다는 사실에 두근거리는 가슴을 안고, 마사지용 오일과 세탁물 바구니 등의 위치를 확인했다.

"세탁물은 여기 있는 파란 표시가 달린 바구니에 넣어 주세요. 아침에 옷을 갈아입으시면 왜건 승강기로 지하층의 하인들에게 보냅니다. 갈아입을 옷 등은 이쪽 옷방에 있습니다."

옷방은 안쪽까지 옷장이 줄지어 있는 방이었다. 속옷, 겉옷, 신발, 장식품 외에 의상을 수선하기 위한 천 등이 놓여 있었다.

"귀족원복, 기수복 등 강의에서 사용하는 의상은 이쪽에 있습니다. 실내복은 이쪽입니다. 만에 하나의 경우를 위한 사교용 의상도 준비는 되어 있습니다. 잠옷류는 이쪽이고, 재봉 도구와 다리미 등의 도구류는 이쪽 장에 있습니다. 청소할 때 사용하는 마술구는 이쪽입니다. 목욕 보조 등의 물과 관련된 일을 할 때는 여기 있는 앞치마를 사용해주세요."

일에 필요한 도구도 옷방에 준비해두는 것 같다. 주인이 사용하는 것과 시종이 일하는 데 필요한 것들이 구분되어 있으니까, 어디에 있는지 도저히 못 찾을 일은 없을 것 같다.

"이런 도구들을 두는 장소는, 일하기 편하게 성에 있는 방과 같은 위치에 뒀습니다. 사용한 뒤에는 반드시 원래 위치에 되돌려놓도록 하세요."

리카르다는 그렇게 말하면서 옷방과 연결된 다른 방으로 들어갔다. 먼저 커다란 테이블이 눈에 들어왔다.

"여기는 측근 방입니다. 주인의 눈에 보이고 싶지 않은 작업이나 측근끼리 상담과 연락을 하기 위한 방입니다. 찬장에는 주인께 드릴 차와 과자 등과 다기가 같이 준비되어 있습니다. 간단한 수선이나 휴식 등은 이쪽 테이블에서 하도록 하세요."

그렇게 말한 뒤에, 리카르다는 찬장을 열어서 차를 우리는 도구와 로제마인 님이 좋아하시는 찻잎을 보여주면서 설명했다.

……로제마인 님은 티프가프트와 엘르게이를 2:1로 배합한 것을 선호하시고, 우유는 그라우바슈를 듬뿍…….

"차를 운반하기 위한 왜건은 여기 있습니다. 이건 승강기인데, 지하층에 있는 하인들과 물건을 주고받을 때 사용 합니다. 세탁물은 파란 표찰이 달린 바구니에 넣고, 여기에 마력을 주입해서 아래쪽으로 보내면, 여섯 번째 종이 울리기 전에는 세탁을 마치고 되돌아옵니다. 물을 데우고 싶을 때는 이 표찰을 지하층으로 보내주세요. 물이 데워지면 표찰이 돌아오니까, 이 파란 마석이 달린 물주전자로 차를 우리면 됩니다. 과자가 필요할 때는 이 표찰입니다."

모양과 색이 다른 표찰을 차례로 보여주면서 승강기 사용 방법을 알려준 뒤에, 리카르다는 열쇠로 잠겨 있던 찬장을 열었다.

"여기에는 공주님의 약이 들어 있습니다. 페르디난드 도련님이 제게 관리를 맡기셨으니, 공주님의 몸 상태가 좋지 않을 때는 제게 말해주세요. 이쪽은 공주님을 섬기게 됐을 때 받은 주의사항입니다. 나중에 꼭 읽어보도록 하세요."

"알겠습니다."

리카르다가 준 주의사항을 슬쩍 훑어봤더니 독서시간 제한과 적절한 운동량에 대해, 나무판 한가득 적혀 있었다. 너무 세세한 내용 때문에 깜짝 놀라고 있는데, 리젤레타가 그 내용을 슬쩍 들여다보고는 미소 지었다.

"저는 언니한테서 로제마인 님이 허약하시다는 이야기를 조금이나마 들었으니까, 브륀힐데가 먼저 보세요. 다과회 시간에도 제한이 있으니까……."

"사교를 위해, 다른 영지와 논의가 시작되기 전까지는 기억해둬야겠군요."

약이 든 상자도 꽤나 큽니다. 여분을 준비해두기도 했겠지만, 그래도 너무 큰 게 아닐까. 저는 귀족원에 가게 되면서 준비한 제 약들을 생각해보면서, 로제마인 님의 몸이 얼마나 약한지를 실감했다.

"견습 시종은 첫 번째 종이 치면 잠자리에서 일어나서 몸단장을 합니다. 두 번째 종이 울리면 아침 식사가 시작되니까, 그 전까지 공주님의 준비도 해드려야 합니다. 먼저 마술구로 방을 가볍게 청소합니다. 청소가 끝날 무렵에는 호위기사들이 측근 방에 집합해있을 테니, 강의나 호위 분담에 대해 서로 확인합니다. 그 뒤에 공주님을 깨우면 됩니다."

로제마인 님은 시종이 부르러 올 때까지 침대 밖으로 나오지 말라고 당부를 해도, 꼭 읽고 싶은 책이 있을 때는 책상 서랍에 숨겨두거나 미리 침대에 숨겨뒀다가, 아침 해가 뜨면 책상에 앉아서 읽고 계시는 때도 있다고 했다.

……대체 얼마나 책을 좋아하시는 걸까?

리카르다가 말하는 업무상의 곤란했던 이야기는, 거의 책과 약한 몸에 관한 것밖에 없다.

"아침 준비의 흐름은 귀족 여성이라면 거의 같으니까 잘 알고 계시죠? 준비가 다 되면 아침 식사입니다. 성에서는 주인이 내려주시는 것으로 식사를 하지만, 귀족원에서는 식당에서 주인과 함께 식사를 합니다. 그러니까 제가 바구니를 정리하라는 말씀을 드리면 바로 탈의실에서 옷방을 지나 측근 방으로 이동해서 정리하세요. 그대로 측근 방의 문을 통해 자기 방으로 돌아가고, 각자 시종과 함께 문 앞으로 집합하시면 됩니다."

로제마인 님과 리카르다가 거울을 확인하고 방에서 나올 때까지 사이에 식당에 갈 준비를 마쳐야 한다는 것 같다. 우아하게 처리하려면 내 시종과도 의논이 필요하다.

"아침 식사를 마친 뒤에는 강의를 들으러 갈 준비를 마치고 다목적 홀로 이동합니다. 이 시간에 공주님이 독서를 시작하시면 강의실로 모시기가 아주 힘들어집니다. 다목적 홀에서 다른 학생과 교류를 가질 수 있도록 신경을 써주세요. 공주님은 몸이 약하신 데다 2년 동안 쉬신 탓에 다른 사람들과의 교류가 압도적으로 부족하니까요."

"하긴, 다른 영지와 사교를 갖기 전에 에렌페스트 학생과의 교류도 필요하겠군요."

지금의 1학년, 2학년, 3학년은 어린이 방에서 겨울을 한 번 같이 보냈지만, 상급생이 같이 지낸 시간은 귀족원으로 출발하기 전과 돌아온 뒤를 합쳐도 열흘 정도밖에 안 되겠죠.

"브륀힐데, 무엇보다 시종에게 익숙해지는 것부터 시작해야 하지 않을까요? 대부분 로제마인 님을 처음 뵙는 이들이니까요. 익숙해지기 전에는 방에서 편하게 지내시기도 힘들겠죠."

리젤레타의 말을 듣고, 저는 공감을 담아서 고개를 끄덕였다. 저도 시종이 바뀌면 한동안 서로 분위기를 살피기도 하고, 호흡이 맞지 않아서 심기가 불편해지는 일이 있기도 해서, 방에 있어도 편히 쉬지 못하는 때가 있다. 그럴 때는 숨겨진 방에서 마음을 진정시키는데, 그렇게 틀어박히기만 하면 아무리 시간이 지나도 익숙해지지 못했다.

로제마인 님은 주위에 있는 시종의 숫자가 다르기 때문에, 저희보다 훨씬 불편하시겠지. 로제마인 님의 측근을 떠올려봤다. 귀족원으로 이동하기 전부터 모시고 있는 사람은 리카르다, 코르넬리우스, 안게리카 세 사람뿐이다.

"리젤레타는 안게리카의 동생이라서 얼굴이 많이 닮았어요. 저보다 로제마인 님이 더 빨리 익숙해지시지 않을까 싶네요. 당분간 맨살이 닿는 일은 리카르다와 리젤레타가 맡고, 저는 소품 준비나 뒷정리 등을 우선해서 하는 건 어떨까요?"

"알겠습니다. 브륀힐데는 로제마인 님께서 사교 쪽을 맡기셨으니까, 그쪽을 우선해주세요. 중급귀족인 저보다 상급귀족인 브륀힐데 쪽이 더 활약할 수 있을 테니까요."

리젤레타와 내부와 외부로 일을 분담하는 이야기를 하고 있는데 리카르다가 짝짝, 손뼉을 쳤다.

"원만하게 분담할 수 있을 만큼 마음이 맞는 것 같아서 다행입니다만, 제 설명을 먼저 들으세요. 다음으로 로제마인 님도 실내복으로 갈아입혀 드립니다. 그 뒤에 저녁 식사 시간까지는 여러분도 자유시간입니다."

자유시간이라고 해도 강의가 끝난 뒤에 저녁 식사 때까지는 시간이 얼마 되지도 않았다.

"식후에는 목욕 준비를 하는데, 목욕 준비와 침대 준비로 나누어집니다. 참고로 공주님은 기분에 따라 다른 마사지 오일을 사용하시니까, 목욕하시기 전에 꼭 여쭤보도록 하세요. 목욕을 마치고 나온 뒤에 한 사람은 마사지, 다른 사람은 욕실을 정리하고 차를 준비합니다. 로제마인 님의 목욕이 끝나면 견습은 해산해도 좋습니다."

목욕을 마친 뒤에 로제마인 님은 차를 마시거나 독서를 하거나 내일 강의 예습을 하시면서, 취침 때까지 시간을 보내신다는 것 같다.

"견습 기간은 끝난 것 같으니까 여러분이 자유시간을 보내는 방법이나 취침 시간에 대해서는 엄하게 따지지 않겠지만, 다음날 일에 지장이 없는 시간에 취침하도록 해주세요."

"예, 알겠습니다."

"……그렇게, 성에서 로제마인 님의 생활을 봐왔던 리카르다한테서 하루의 흐름에 대한 설명을 들었는데……."

내가 잔을 손에 들고 리젤레타를 봤더니, 리젤레타가 로제마인 님이 내려주신 쿠키를 들고서 피식 웃었다.

"실제로는 꼭 이렇게 돌아가는 건 아니겠죠? 성에서는 또 다르려나요?"

"도서관 때문에 분투할 필요가 없으니까요. 많이 다르겠죠."

성적 향상 위원회 활동과 빌프리트 님의 말 때문에 분기한 로제마인 님이 시종들이 깨우기도 전에 일어나서 문제집을 만드시거나, 페르디난드 님이 적어주신 주의사항을 제대로 읽기도 전에 음악 선생님과의 다과회 예정이 잡히기도 하고, 정말 엉망진창이다. 하루하루, 시종으로서의 능력이 향상되고 있다는 기분이 들 정도로 휘둘리고 있다.

"로제마인 님, 슬슬 강의가 끝나실 시간이죠? 그 집중력

은 정말 놀라울 따름이라니까요."

"그러게요. 도서관에 동행할 시종이 필요하니까, 저희도 꽤나 재촉받는 기분이 드네요."

로제마인 님이 필린느와 원형 테이블에서 참고서를 만드시는 동안 저는 측근 방에서 리젤레타와 짧은 휴식을 가졌고, 차를 마시면서 서로 살짝 미소 지었다.

귀족원은 이제 막 시작됐다.

책벌레의 하극상
드라마 CD 녹음 현장 리포트 만화

만화 : 스즈카

팬북 독자분들께

※본 항목에는 원작 소설 「책벌레의 하극상 제3부」까지의 내용이 포함되어 있습니다.
열람하시는 독자분에 따라서는 스포일러가 될 수도 있으니 주의해 주십시오.

그랬더니 메인 캐릭터도 많은데, 더 많아져서 (웃음).

부들 그려서 기쁘다

마인한테 소중한 곳이니까요.

역시 평민 마을이 나오는 게…

각본을 쓰기 위해서 짧은 기간에 소설과 만화, 게다가 인터넷 연재판과 비교까지 하셨다니, 정말 놀랐습니다.

마술사 오픈 드라마CD 시리즈 각본도 담당하신 분 입니다

각본 담당은 쿠니자와 마리코 님!

드라마 CD는 제3부 「영주의 양녀 IV ~ V」를 메인으로 1부와 2부 다이제스트로 들어가는 구성입니다.

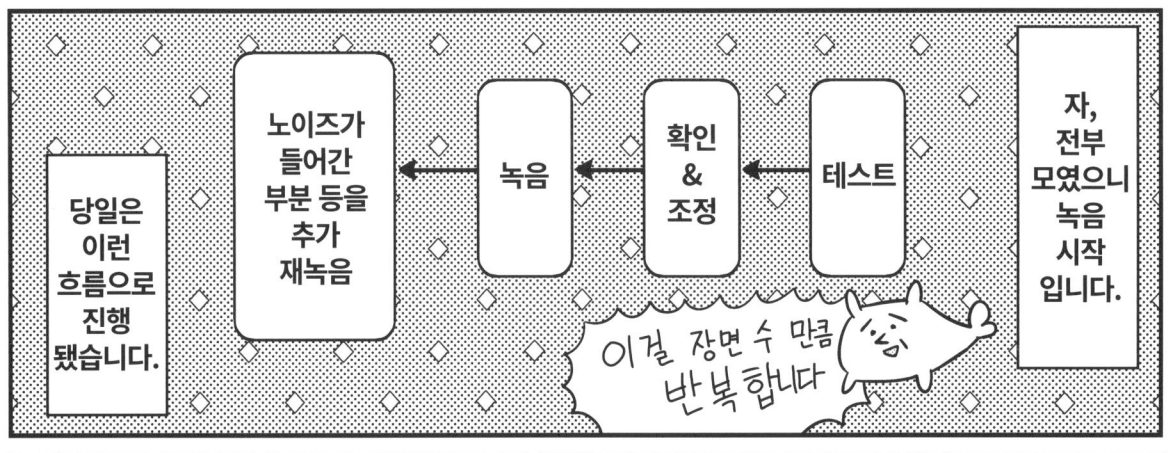

당일은 이런 흐름으로 진행 됐습니다.

노이즈가 들어간 부분 등을 추가 재녹음 ← 녹음 ← 확인 & 조정 ← 테스트

자, 전부 모였으니 녹음 시작 입니다.

이걸 장면 수 만큼 반복합니다

목소리가, 대화가 책벌레 세계 그 자체 라서

마치 캐릭터들이 눈앞에서 숨 쉬는 것 같습니다.

목소리의 힘은 대단해요!

살아있어…

흐아…앙

입니다

부들 부들

테스트 시작 직후 든 생각은

←만화는 오른쪽에서 왼쪽으로 읽어주세요.

「책벌레의 하극상」 드라마 CD 녹음 현장에 참가하게 됐습니다.

2017년 5월 어느날―

책벌레의 하극상 드라마CD 녹음 현장 리포트 만화

만화 : 스즈카

카즈키 선생

스즈카

이야호

조작실

모니터

다른 방

카메라

부스

스튜디오는 성우분들이 연기하는 부스와 스태프가 사용하는 조작실로 나뉘어 있고

저희는 조작실 모니터를 통해서 견학했습니다.

NG

OK

빼꼼

샥

아직 ○○씨 안 왔어요

오케이 입니다!

쉬는 시간에 카메라를 향해 손을 흔드는 토리우미 씨와 신호를 보내는 사와시로 씨가 재미있었습니다

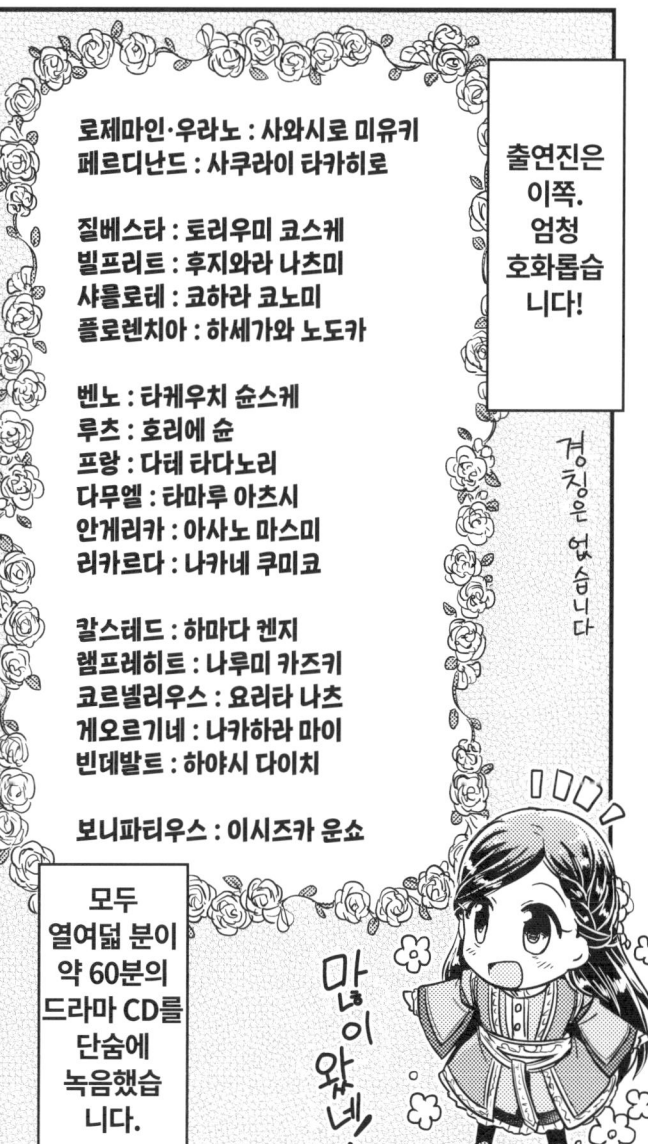

출연진은 이쪽. 엄청 호화롭습니다!

로제마인·우라노 : 사와시로 미유키
페르디난드 : 사쿠라이 타카히로

질베스타 : 토리우미 코스케
빌프리트 : 후지와라 나츠미
샤를로테 : 코하라 코노미
플로렌치아 : 하세가와 노도카

벤노 : 타케우치 슌스케
루츠 : 호리에 슌
프랑 : 다테 타다노리
다무엘 : 타마루 아츠시
안게리카 : 아사노 마스미
리카르다 : 나카네 쿠미코

칼스테드 : 하마다 켄지
람프레히트 : 나루미 카즈키
코르넬리우스 : 요리타 나츠
게오르기네 : 나카하라 마이
빈데발트 : 하야시 다이치

보니파티우스 : 이시즈카 운쇼

경칭은 없습니다

모두 열여덟 분이 약 60분의 드라마 CD를 단숨에 녹음했습니다.

많이 왔네!

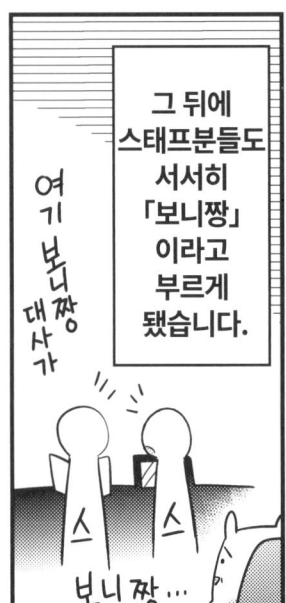

그 뒤에 스태프분들도 서서히 「보니짱」이라고 부르게 됐습니다.

여기 보니짱 대사가

스... 스...

보니 짱…

이스즈카 씨

(부르기 힘들면) 그냥 보니짱 이라고 하세요.

보니짱

보니짱 탄생

이런 장면도

그러니까

보니

파

티우스 씨 대사 말인데요

음향감독 씨

들었을 때 알기 쉽도록 대사를 바꾸기도 합니다.

마인은 특이한 기수에 탈고 있었어요

다른 사람은 페가수스 같은 느낌으로

렛서 군

그리고 드라마 CD는 애니메이션과 다르게 그림이 없어서

전투 장면 등은 그 자리에서 상황을 보충설명 합니다.

제 검이요?

아앙

붕

이런 거 …?!

아니 죽인

신관장과 「목소리」가 똑같은 검이라네요 (웃음).

아사노 씨

붕

동작으로 보여주는 사와시로 씨

신관장 이랑 똑같은 검…

슈팅 루크

「신관장 이랑 똑같은」검?!

음향 감독 씨

괜찮을까요?

카즈키 선생님

여기는

정중한 느낌으로

여기는 좀 더

어떠세요

이거

여기는

여기는

왁자

끼걱!

여기서「캐릭터 목소리」의 이미지를 만들어 갑니다.

테스트가 끝나면 연기와 대사 등을 확인하고 서로 맞춰봅니다.

플로렌치아랑 페르디난드 그리고 빌프리트랑 마티아스만

캐릭터에 따라서 긴 대사도 많습니다

필드난트님

푸라고 했다

책벌레 특유의 캐릭터 이름과 신의 이름은 역시나 어려워서…

그리고 읽는 방법과 세세한 억양도 여기서 확인합니다.

요청하면 바로 연기가 바뀌는 게 대단해요!

역시 성우분입니다.

사와시로 씨의 여러 " 마인 " 연기 기대해 주세요

카즈키 선생님 —?!

맞지잖아요!?

?

…뭐디라?

빈데발트였습니다.

쓸 때는「비」만 치면 제안어가 떴거든요….

어라

빈데발드? 빈데발트?

이 대사

순식간에 긴박한 공간이 만들어집니다!

마치 그림이 보이는 것 같았습니다.

솔렁

직후

이 장면은 제가 신호 보낼게요

하나~ 둘

마지막으로 「군중 소리」 녹음입니다

군중 소리
여러 사람이 이야기하는 장면등 '웅성웅성' 하는 소리

이번 드라마 CD 관계자 여러분 덕분에

멋진 작품이 됐다고 생각합니다.

처음으로 성우분의 일하는 모습을 보고

저와 카즈키 선생님은 하루 내내 감동에 잠겼습니다.

자기도 모르게 어휘력이 낮아진 작가들

대단해

대단해

프로 대단해

몇 시간이나 되는 긴 싸움 끝에 무사히 녹음 종료.

TO 북스 온라인 스토어 한정으로 9월 9일 발매 예정입니다.

기대해 주세요!

그런 사랑이 담긴 「책벌레의 하극상 드라마 CD」

❦ 마침 ❦

※이 만화는 2017년 9월 9일에 일본에서 발매된 「드라마 CD」 공식 홈페이지에 게재했던 만화를 가필 수정한 것입니다. 작중의 날짜와 내용은 당시의 것입니다.

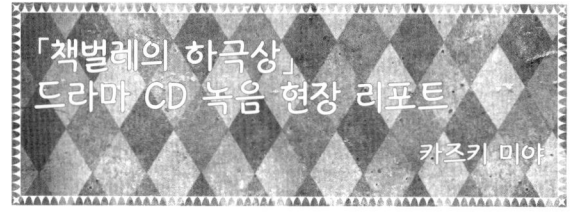
2017년 5월 어느 날, 10시쯤.

남편의 안내를 받아서 약속장소에 도착했습니다. 힘들었습니다. 멀고, 사람 많고, 역도 넓고, 어쩌구 선, 저쩌구 선 같은 전철 노선이 너무 많고, 간판이 너무 많아서 목적지를 못 찾겠고, 역 출구도 너무 많습니다. 혼자서 왔다면 '녹음 현장에 가고 싶은 작가의 대모험'이라는 제목의, 미아가 된 이야기로 수필을 쓸 수 있을 정도였습니다.

무사히 담당 편집자님과 스즈카 님을 만나서 스튜디오로 걸어가는데, 스즈카 씨가 위 언저리를 손으로 누르면서 절 쳐다보셨습니다.

"저, 어제부터 너무 긴장해서 정말 힘들었는데, 평소랑 똑같은 카즈키 씨를 봤더니 왠지 진정이 되네요."

"그거 다행이네요."

"카즈키 씨는 긴장되지 않으세요?"

"아뇨, 딱히……."

"뭐요오오?! 긴장을 안 하다니, 말도 안 돼요! 어째서 안 하세요?!"

스즈카 씨가 큰 소리로 말했더니, 남편이 고개를 크게 끄덕였습니다.

"그렇게 생각하시죠? 작자인데 전혀 긴장하질 않는다니까요! 처음 하는 녹음이라서, 저는 심장이 터질 것 같은데……."

성우분이나 애니메이션, 게임을 좋아하는 스즈카 씨와 남편은 마음이 잘 맞는 것 같습니다.

"그야 평소에 TV도 안 보고, 성우분들에 대해서도 스즈카 씨나 남편만큼 뭔가 특별한 감정이 있는 것도 아니고……."

성우라는 프로가 일하는 모습에는 상당히 관심이 있고 녹음 자체도 기대가 됩니다. 하지만 동경하는 사람을 만날 수 있다고?! 어쩌지?! 같은 긴장감이나 두근거리는 기분은 전혀 없습니다. 업무 관계로 처음 보는 사람과 만날 때의 긴장감이나 고양감에 가깝다고 할까요.

그렇다고 전혀 긴장하지 않은 것도 아니지만, 드라마 CD는 문자가 아니라 소리로 만드는 작품이니까, 책 만들기와 비교하면 글을 쓰는 저한테서는 한 걸음 떨어진 일이 됩니다. 저로서는 처음 보는 성우분들보다, 처음 보는 편집자님과 만날 때가 훨씬 더 긴장됩니다.

스즈카 씨와 저는 담당 편집자님의 안내를 받아서 스튜디오에 도착했습니다. 제일 먼저 화장실 위치, 녹음 부스, 조작실을 안내받았습니다.

녹음 부스는 성우분들이 사용하는 방입니다. 한쪽 벽 앞에 마이크 4개가 나란히 있고, 그 반대쪽 벽에는 부스의 상황을 보기 위한 카메라가 있습니다. 마이크 쪽 벽에는 작은 책상이 있고 과자 같은 것들이 약간 준비돼 있었습니다. 마이크가 있는 쪽 말고 나머지 세 개의 벽 앞에는 총 18명이 앉을 의자가 주르륵. 여기에 성우분들이 다 들어오면 너무 좁을 것도 같았지만, 다른 스튜디오를 본 적이 없어서 비교는 할 수가 없습니다.

조작실은 기계가 있고, 지시를 내리는 음향 감독님을 비롯한 스태프가 사용하는 방입니다. 큼직한 모니터가 있고, 그걸로 부스와 상황을 봅니다. ……보기는 하는데, 카메라가 하나뿐이라서 마이크 4개 중에 가운데 두 개만 초점이 맞고, 양쪽 끝은 흐릿하게 보였습니다.

조작실에는 3인용 소파가 있었습니다. 그리고 소파와 별개로 둥근 테이블과 의자가 네 개 준비돼 있었고. 테이블 위에는 과자와 마실 것이 있습니다. 저는 여기서 견학하게 됩니다.

먼저 프로듀서님과 음향 감독님을 비롯한 스태프분들께 인사. 프로듀서님이 「책벌레의 하극상」을 1권부터 계속 구입해 주신 팬이셨습니다. 캐스팅을 맡으신 음향 감독님의 노력 덕분에, 이렇게 이미지에 딱 맞는 훌륭한 연기자분들이 모이셨습니다. 그저 감사할 따름입니다.

어른의 인사, 하면 역시 명함 교환. 여기서 엄청난 사태가!

제가, 명함이 없습니다. 아예 만들지를 않았으니까, 깜박한 것도 아닙니다. 나중에 필요할 테니 만드는 게 좋을까, 라고 생각한 지가 벌써 세 번. 이젠 정말 만들어야겠다고 생각은 하지만, 평소에는 집에 틀어박혀서 글만 쓰고 있으니까 명함을 만들 필요성을 느끼지 못했다고 할까……. 녹음 현장 리포트를 쓰고 있는 지금도 아직 명함을 주문하지 않았으니까, 틀림없이 또 후회할 일이 생기겠죠.

"죄송합니다. 제가 명함이 없어서……."

"죄송합니다. 지금 명함이 다 떨어져서……."

스즈카 씨도 명함 없는 동지였습니다.

"다행이다……. 명함 없는 동지가 있어서."

"그런 걸로 기뻐하지 마세요!"

"아, 저는 전에 받은 스즈카 씨 명함 가지고 있어요. 봐요, 여기."

"카즈키 씨, 잠깐만요. 그건 카즈키 씨한테 드린 거고, 다른 사람한테 줄 게 아니잖아요."

"그 정도는 저도 알아요. 그냥 스즈카 씨 명함을 가지고 있다고 자랑하려고 그랬던 거예요."

스즈카 씨와 저를 보고 있던 프로듀서님이 진지한 목소리로 "카즈키 선생님은 마인 그 자체네요. 분위기도 그렇고 말하는 것도 그렇고……"라고 하셨고, 담당 편집자님이 "아뇨, 카즈키 씨는 의외로 페르디난드입니다"라고 대답했습니다. 두 사람의 말을 듣고 스즈카 씨는 이해했다는 것처럼 고개를 끄덕였는데, 영문을 모르겠습니다.

그러는 중에, 각본가 쿠니사와 씨가 도착하셨습니다.

"우와, 마인이 있네……. 카즈키 선생님이셨군요. 딱 보고 알았습니다."

정말 대체 무슨 뜻일까요. 저는 지금까지 밖에 돌아다니다가 '마인이다'라는 말을 들어본 적이 없는데, 이렇게 처음 만난 분들한테 '마인이다'라는 소리를 들을 줄이야…….

집합 시간이 다가오면서 점점 모이시는 성우분들. 다들 조작실에 들러서 "안녕하세요. 오늘 잘 부탁드립니다"라고 인사를 하시는데, 어떤 역할을 맡은 분인지 도무지 모르겠습니다.

"조금 전에 그분은 타케우치라고 하셨으니까 벤노 씨겠죠? 그리고, 아사노 씨는 안게리카?"

"맞아요."

스즈카 씨는 성우분들에 대해 잘 아십니다. 저도 어떤 목소리를 내는 분인지 열심히 알아봤지만, 얼굴과 이름이 전혀 연결되지 않았습니다. 이름을 말씀하신 분은 메모장을 보면서 '그 역할'이라고 알았지만, 여러 사람이 연속으로 인사를 하시면 느긋하게 메모장과 비교해볼 수도 없어서, 결국 끝까지 얼굴을 몰랐던 분들이 몇 분 계셨습니다. 성우분에 대해 알아볼 때는 목소리에서 끝내는 게 아니라 얼굴도 확인해두는 게 좋았을지도 모르겠습니다. 하나 배웠습니다.

전부 도착하신 뒤에 녹음 부스로 이동했고, 저와 스즈카 씨는 작자와 만화가로 소개하고 인사를 드렸습니다.

"솔직히 드라마 CD가 처음이라서 뭐가 뭔지 모르겠습니다. 프로인 여러분께 맡길 테니 잘 부탁드리겠습니다."

간결한 인사를 마치고, 그 뒤에는 회의. 제가 잠깐 '이때는 어떤 심정인가' 같은 배역에 대한 질문을 잠깐 받는 사이에, 프로듀서님과 담당 편집자님이 성우분들께 책벌레 클리어 파일을 나눠드렸습니다. '제 캐릭터는 누구죠?'라고 말하는 성우분들께 담당 편집자님과 프로듀서님이 설명해드렸습니다. 꽤 평판이 좋았습니다. 그리고 클리어 파일이 20종류나 있다는 데도 놀랐습니다. (웃음)

로제마인의 심정과 성격에 대해 질문하신 사와시로 미유키 씨는, 분위기가 마인이었습니다. 연기에 대한 열기와 의욕이 책 만들기에 매진하는 마인 같더군요. 아무튼 눈빛이 정말 강하고 아름답고 인상적인 분이셨습니다.

설명하는 중에 1권 표지 클리어 파일을 받은 사와시로 씨.

마인 일러스트를 보면서 "음…… 나, 귀엽네"라고 중얼거리는 사와시로 씨가 이미 마인이 돼 있는 느낌이라서 "아, 괜찮겠다"라고 생각하면서 정말 안심했습니다.

로제마인의 성우분께 바라는 점이 있다면 내레이션, 독백, 서민 마을 시절의 마인, 영주의 양녀로서의 로제마인, 우라노. 어디까지나 김칫국 마시는 것 같은 이야기지만, 만약 나중에 드라마 CD 제2탄이 나온다면 성장한 로제마인, 여신이 들어간 로제마인, 메스티오노라…… 전부 구분해서 연기하실 수 있는 성우분이면 좋겠다고 생각했습니다. 그렇게 생각했을 때 사와시로 씨 생각만 났습니다. 바람이 이뤄져서 정말 다행입니다. 신께 기도를!

녹음 시간 사정도 있으니, 어느 정도 설명하고 적당한 선에서 마친 뒤에 조작실로 돌아갔습니다. 소파에 스즈카 씨, 저, 쿠니사와 씨가 나란히 앉고, 테이블과 의자 쪽에는 프로듀서님과 담당 편집자님과 남편이 앉았습니다.

"이미 몇 번인가 녹음한 적이 있는 드라마 CD나 애니메이션의 경우에는 성우분 스케줄에 따라 녹음 시간대나 날짜를 나눠서 하는 경우도 있습니다. 하지만 이번에는 처음 녹음하는 작품이다 보니, 각 캐릭터들이 대사를 주고받으면서 작품 전체의 분위기를 파악했으면 싶어서, 나중에 녹음하실 성우분들도 시작 시간에 맞춰서 모이시게 했습니다. 시간 안에 녹음을 끝내겠습니다"라는 설명을 받았습니다.

장비 앞에 앉아 계신 음향 스태프분이 두 분 계십니다. 녹음 방법이나 순서를 생각하면서 성우분들께 연기 지시를 하면서 방향 하는 '음향 감독님'과, 화면을 빤히 보면서 녹음 레벨 조정, 노이즈 유무와 대사의 이상한 부분을 체크하는 '믹서 담당님'이십니다.

"먼저 대본을 가볍게 읽으면서 테스트하고, 캐릭터 목소리를 만들겠습니다."

캐릭터의 목소리에 대해 뭔가 주문할 게 있다면, 어떤 목소리로 해주셨으면 싶은지 부탁드릴 수 있다고 합니다. 여기서 결정된 목소리로 성우분들이 캐릭터를 연기한다고도 하셨고요. 목소리를 만든다는 게 뭔지 제대로 이해하지도 못한 채, 테스트가 시작됐습니다.

프랑 역의 다테 타다노리 씨, 로제마인 역의 사와시로 미유키 씨, 벤노 역의 타케우치 슌스케 씨, 루츠 역의 호리에 슌 씨. 이렇게 네 분이 마이크 앞에 섰습니다.

모니터에 나오는 건 마이크를 향해 연기하는 성우분들의 뒷모습뿐. 게다가 초점이 제대로 맞은 건 가운데에 있는 마이크 두 개뿐이고 양쪽 끝에 있는 분은 초점이 안 맞아서 흐릿하게 보입니다. 카메라에서 제일 가까운 마이크를 사용하는 사와시로 씨는 알아보겠지만, 나머지 분들은 누가 누군지 하나도 모르겠습니다. 뭐, 얼굴은 몰라도 목소리만 알면 되니까요.

사와시로 씨의 로제마인과 호리에 씨의 루츠는 이미지에 딱 맞는 목소리가 나올 거라고 예상하고 있었지만, 다테 씨는 사전에 알아볼 때 제가 알고 있는 역할이 없어서, 어떤 목소리를 지닌 분인지 잘 모르는 성우분이셨습니다.

"우와…… 프랑이다 진짜 프랑이야. 대단하다."

저도 모르게 소리 내서 말할 정도로, 머릿속에서 그리고 있던 프랑의 목소리 그 자체가 나왔습니다. 뭐라고 할까요, 그저 할 말이 없습니다. 위화감이 너무 없더라고요.

담당 편집자님 "벤노, 정말 멋있네요."

스즈카 씨 "우와, 벤노 씨한테 혼나고 싶어요."

옆에 있는 스즈카 씨는 원래 '벤노 씨한테 혼나고 싶은 사람'이라서, 손으로 입을 가리고 부들부들 떨면서 '혼나고 싶어'라고 하셨는데, 타케우치 씨의 벤노 목소리가 정말 대단합니다. 이 정도면 '벤노 씨한테 혼나고 싶은 사람'이 급증할 겁니다! 그런데 벤노 씨한테 혼나고 싶으면, 드라마 CD를 반복해서 들으면 될 것 같습니다. '이 바보야!'라고, 몇 번이나 혼내주시니까요. (웃음)

벤노 목소리도 제가 상상했던 그대로였기에 수정은 전혀 없음. 너무 낮은 목소리도 아닌, 정말로 제가 머릿속으로 생각하던 목소리 그 자체였습니다.

담당 편집자님 "역시 사와시로 씨, 마인 그 자체네요."

나 "주인공 목소리네요. 그리고 벤노 씨하고 대화가 좋아요."

예상 그대로였던 사와시로 씨가 연기하는 로제마인의 귀여운 목소리에 만족.

스즈카 씨 "루츠, 정말 좋네요. 멋있어."

나 "그쵸? 상상 그대로네요."

호리에 씨의 루츠까지, 네 명 모두 캐릭터 연기를 수정할 필요가 전혀 없었습니다.

계속 진행해서 사쿠라이 타카히로 씨의 페르디난드는 '아, 페르디난드다'라는 생각이 들게 하는 목소리였고, 토리우미 코스케 씨의 질베스타는 깜짝 놀랄 정도로 질베스타여서 수정 없음. 사전 조사할 때 상상했던 목소리를 넘어서, 캐릭터에 가까운 목소리를 만들어오신 성우분들을 보고 깜짝 놀랐습니다. 정말 대단해요.

음향 감독님이 지정한 곳까지 테스트하는 목소리를 들어보고, 일단 조작실에서 의논을 시작했습니다. 신경 쓰이는 부분이나 수정할 부분이 없는지 확인하는 의논입니다.

담당 편집자님 "카즈키 씨, 캐릭터 목소리는 어떠셨나요?"

나 "아무 문제 없어요. 성우분은 정말 대단하시네요. 이대로 진행해주세요."

담당 편집자님 "처음에 목소리를 만드는 게 제일 중요하거든요. 이게 잘 되면 녹음을 진행할수록 성우분들이 캐릭터에 익숙

해지니까, 앞으로 계속 좋아질 겁니다."

오픈 드라마 CD 등에서 녹음 현장에 참가한 경험이 있는 담당 편집자님은 '좋은 드라마 CD가 될 것 같네요'라고, 기뻐하면서 말해주셨습니다.

쿠니사와 씨 "카즈키 선생님, 프랑 마지막 대사는 그걸로 괜찮으시겠어요? 선생님은 프랑의 화내는 모습에 고집하는 부분이 있으셨죠?"

나 "아, 그러고 보니 마지막 대사는 좀 신경 쓰이네요. 프랑의 화난 목소리는 소리 지르는 게 아니라 위압적인 느낌으로…… 아예 '!'가 없는 것 같은 차가운 프랑으로 부탁드리고 싶어요."

사실은 각본 초고에 적혀 있던 프랑의 대사가 화낼 때 격앙하는 느낌이라서, '차가운 프랑'으로 해주셨으면 하고, 쿠니사와 씨한테 수정 요청을 드렸습니다.

이렇게 이야기한 내용을 정리해서 음향 감독님이 부스에 있는 성우분들께 전달했습니다. 제 요청이 앞쪽 부분만 전달된 건, '차가운 프랑'이 이해하기 힘들다고 판단해서 그런 건지도 모르겠습니다. (웃음)

그래도 다테 씨의 위압적인 프랑이 나왔습니다. 성우분은 정말 대단해!

캐릭터의 이미지와 흐름을 어느 정도 파악했으니, 수정할 점을 전달하고 녹음에 들어갑니다. 참고로 처음 몇 페이지를 가볍게 해보는 느낌으로 캐릭터를 만들 때 외에는 연습이 없었습니다. 지정된 페이지까지 팍팍 진행했습니다.

녹음이 끝나면 다시 의논합니다. 저희가 조금 수정했으면 싶은 부분 등에 대해 이야기하는 사이에, 믹서 분은 노이즈를 체크해서 다시 녹음해야 할 부분을 음향 감독님께 전달합니다. 이 믹서 분도 정말 대단합니다. 녹음은 물론이고 대사의 이상한 부분도, 저는 하나도 모르겠던데 말이죠.

최종적으로 음향 감독님이 수정점과 다시 녹음을 부분을 전부 파악하고, 성우분께 전달하면서 부분부분을 다시 녹음합니다.

"○페이지 2번째 로제마인 목소리 부탁합니다. 노이즈입니다."

"×페이지 벤노, 중간에 좀 이상한 부분 있습니다. 대사가 겹치니까 블록으로 부탁드릴 수 있을까요?"

"△페이지 페르디난드 대사, 수정입니다."

이렇게 음향 감독님이 차례로 지시하면, 성우분들은 극히 일부분만 잘라낸 대사를 바로, 지난번과 똑같은 텐션으로 연기하십니다. 갑자기 울고, 소리 지르고, 계속 대화하던 것처럼 자연스럽게 한 문장에만 감정을 실어주십니다.

나 "성우분들은 정말 대단하시네요."

스즈카 씨 "카즈키 씨, 아까부터 '대단해'라는 소리만 하고 있

어요."

나 "하지만, 정말로 대단하잖아요."

훈련을 통해 그런 기술을 익힌 분들을 성우라고 부르겠지만, 이건, 정말 대단합니다! 장인의 솜씨라고, 감탄하는 탄식이 끊이질 않습니다.

아, 사쿠라이 씨의 '이얏후!'가 정말 귀여웠습니다.

그리고 사쿠라이 씨의 '정말이지……'가 정말 좋고요. 제3부 마지막에는 안 나오는 '참 잘했다'를 어딘가에 억지로라도 집어넣었어야 했다고, 말로 하지는 않았지만 엄청나게 후회했습니다. 새로운 장면을 삽입할 여유는 없었거든요. 아으…….

부분부분 재녹음이 끝나면 다음 페이지로. '책벌레'는 장면에 따라 나오는 캐릭터가 계속 바뀌기 때문, 새로운 캐릭터의 목소리를 확인해야 합니다. 다음에 확인할 분들은 빌프리트 역 후지와라 씨와 게오르기네역의 나카하라 씨.

빌프리트 역의 후지와라 나츠키 씨는 사전 조사 때부터 괜찮을 거라고 생각했고, 실제로도 전혀 문제가 없었습니다. 게오르기네와 이야기할 때의 천진난만하고 바보 같은 느낌이 너무나 빌프리트 같았습니다.

이번 출연진 중에서 가장 의외였던 캐스팅이 나카하라 마이 씨의 게오르기네. 조작실에서도 어떤 목소리가 나올지 주목했었습니다.

나카하라 씨의 게오르기네가 말하기 시작했더니 "오오오오" 하는 감탄과 박수가 저절로 터져 나왔습니다.

스즈카 씨 "우와, 정말 좋네요. 흑막 같은 느낌이에요."

나 "상냥한 목소리 속에 있는 우아하게 빈정대는 느낌이 정말 훌륭해요."

쿠니사와 씨 "표현은 정말 좋은데, 목소리가 좀 젊지 않나요?"

그런 의견을 정리해서, 음향 감독님이 '조금만 나이 든 목소리로 해주세요'라고 지시하셨습니다. 저는 여기서 처음으로 '성우분께 지시해서 캐릭터의 목소리를 만드는' 작업을 봤는데, 프로의 솜씨에 정말 깜짝 놀랐습니다. 그런 지시만 했는데도 완벽한 게오르기네가 됐으니까요.

그렇게 애매한 지시로 간단히 목소리를 바꿀 거라고는 생각도 못 했기 때문에, 정밀로 눈이 번쩍 띠진 깃 같은 감동을 받았습니다.

나카하라 씨의 게오르기네, 정말 훌륭했습니다. 기대해주세요.

다음으로 목소리를 테스트하신 분은 전 신전장 역의 다테 타다노리 씨, 빈데발트 역의 하야시 다이치, 씨, 칼스테드 역의 하마다 켄지 씨였습니다.

다테 씨는 프랑과 전 신전장까지 두 역할입니다!

"예? 자, 잠깐만요, 정말 괜찮은 건가요?!"라고 생각한 건 저 하나만이 아니었을 겁니다.

다테 씨의 전 신전장과 하야시 씨의 빈데발트가 말하기 시작했습니다. 다테 씨는 연장자다운 연기를 보여주셨는데, 신전장 쪽이 훨씬 젊게 들렸습니다. 조작실 쪽에서 일치된 의견에, 음향 감독님이 "전 신전장, 좀 더 나이를 올려주세요"라고 주문을 하셨습니다.

"오오오오?! 올라갔다! 전 신전장이다."

프랑이 전 신전장이 됐습니다. 놀랍죠? 벌써 몇 번째인지도 모르겠는데, 성우분은 정말 대단하십니다.

하야시 씨의 빈데발트는 못된 관리 같은 느낌이 정말 좋았습니다. 시이나 님의 그 일러스트에 딱 어울립니다. 전 신전장과 손을 잡고 나쁜 짓을 할 것 같은, 완벽한 목소리였습니다.

스즈카 씨 "칼스테드가 너무 멋져요!"

스즈카 씨가 흥분해서 말한 대로, 하마다 씨의 칼스테드는 목소리만 가지고도 '멋져요, 아버님!'하고 주먹을 꽉 쥘 정도로 멋진 목소리였습니다. 사람을 움직이는 목소리, 기사단장에 딱 어울립니다. 하마다 씨의 목소리로 칼스테드의 남자다운 느낌이 30% 늘어났습니다. 틀림없습니다.

그리고 플로렌치아 역의 하세가와 노도카 씨와 엘비라 역의 아사노 마스미 씨. 사실 아사노 씨는 안게리카 역으로 발표됐지만, 엘비라 역도 맡으셨습니다. 나이 차이가 크게 나는 역할을 맡으셨다는 점에 정말 놀랐습니다.

테스트 결과, 하세가와 씨 목소리는 플로렌치아가 아니었습니다. 인정 넘치고 상냥한 어머니의 목소리였지만, 영주의 제1부인은 아닙니다. 플로렌치아가 아니라 에파였습니다.

아사노 씨의 엘비라도 말이 조금 빠르고 빠릿빠릿한 느낌의 능력 있는 어머니라는 느낌이지만, 귀족 여성이라기보다는 직업여성. '능력 있는 여성'이라는 주문에는 맞춰주셨지만, 엘비라 어머니의 말투는 아닙니다. 테스트 결과 두 사람의 대화는 귀족 여성의 다과회라기보다 서민 마을 어머니들의 대화처럼 들렸습니다.

나 "플로렌치아 목소리는 한 단계 더 젊고 귀족다운 우아함이라고 할까……."

쿠니사와 씨 "그렇겠죠. 좀 더 부드럽고 차분한 분위기가 필요해요."

나 "엘비라는 연령적으로는 그 정도가 맞지만, 말이 너무 빨라요."

쿠니사와 씨 "이해해요. 느긋한 말투로, 귀족이라는 점을 염두에 두고……."

그런 의견을 정리해서 음향 감독님이 전달합니다. 그랬더니 다음 순간에는 그게 되더라니까요. 위화감 없는 플로렌치아와 엘비라가. 프로의 기술에 저도 모르게 박수를 쳤습니다, 정말로.

목소리를 만들었으니 이제 녹음입니다. 음향 감독님이 지정한 곳까지 단번에 녹음하고, 끝나면 의논.

쿠니사와 씨 "베로니카는 좀 더 귀족답고 감정을 억누르는 느낌이 좋을 것 같은데요."

나 "음…… 아뇨, 겨우 찾아낸 구원의 손길이 구원이 아니었어요. 자식이 자기 말을 안 듣는 일은 상상도 못 했던 베로니카의 목소리는 이 정도가 좋다고 봐요."

베로니카 역은 나카네 쿠미코 씨. 리카르다 역도 맡으셨고, 나이 많은 여성 연기를 정말 잘 하십니다.

수정이 필요한 부분을 다시 녹음하고, 그다음에 새로운 귀족 캐릭터들이 차례로 나오는 자연입니다. 샤를로테 역의 코하라 코노미 씨, 리카르다 역의 나카네 쿠미코 씨, 다무엘 역의 타마루 아츠시 씨, 안게리카 역의 아사노 마스미 씨, 람프레히트 역의 나루미 카즈키 씨.

테스트 결과 코하라 씨의 샤를로테 목소리가 귀엽기는 하지만 로제마인과 이야기를 해보니까 샤를로테가 나이가 많은 것처럼 들렸습니다. 조작실에서는 '좀 더 어리게'로 의견이 일치됐습니다.

음향 감독님의 "조금만 더 어리게 부탁드릴게요"라는 지시에 오하라 씨가 "예? 지금보다 더 어리게요?"라고 당황하면서도 어린 목소리로 대사를 연기하셨습니다. 단숨에 어려졌는데, 아깝다. 이번엔 너무 어리네요.

쿠니사와 씨 "목소리 톤은 그 정도면 괜찮은데, 말투가 좀……."

나 "맞아요. 혀짧은 소리만 빠지면 완벽하겠네요."

음향 감독님의 주문하고 코하라 씨가 다시 대사를 연기한 순간, 저와 스즈카 씨의 감상이 '샤를로테, 진짜 귀여워!'로 일치했다는 사실을 전해드리겠습니다.

나카네 씨의 리카르다는 훌륭한 할머니 느낌이고 아무 문제 없었습니다. 완전히 리카르다. 이 드라마 CD 안에 '이봐요, 페르디난드 도련님!'하고 야단치는 장면이 있었으면 좋겠다고 생각한 건 비밀입니다. 베로니카와 리카르다를 완전히 구분하는 게 정말 대단하다고 생각했습니다.

아사노 씨의 안게리카도 세 보여서 OK. 날뛰는 빌프리트를 붙잡는 장면이라든지, 목소리가 미묘하게 흔들리는 걸로 알 수 있었습니다. 감탄했어요. 그대로 꽉 잡고 계세요. (웃음)

스즈카 씨 "우와……. 타마루 씨, 완전히 다무엘이네요."

나 "예, 상상 그대로네요."

이번에 다무엘은 싸우는 장면이 많아서, 힘이 들어간 대사가 많습니다. 타마루 씨의 다무엘은 다무엘 주제에 너무 멋있어서, 저는 가능하다면 타마라 씨 목소리로 얼빠진 다무엘을 더 많이 듣고 싶었습니다.

나루미 씨의 람프레히트도 이미지 그대로였습니다. 위화감이 전혀 없습니다. 자연스럽게 람프레히트 목소리로 귀에 들어옵

니다. 밝고 운동부 같은 꽃미남이라는 제 생각에 딱 맞았습니다.

학우, 귀족 여성, 귀족 남성 등 이름이 없는 캐릭터나 대사가 거의 없는 평민촌 가족들은 그 자리에 있는 성우분들이 두 명, 세 명씩 연기해 주십니다. 당일에는 고개를 들어서 모니터를 볼 여유가 없었던 저는 어느 분이 연기해 주셨는지 전혀 몰랐지만, 나중에 출연진 리스트를 보고 깜짝 놀랐습니다. 정말로 목소리마다 목소리가 전혀 다르더라고요.

학우 역은 요리타 나츠 씨. 코르넬리우스 역을 맡은 분이십니다. 제3부 시점에서는 이름이 없어서 적지 않았지만, web 판 독자분들이라면 이름이 떠오르실지도 모르겠네요. 코르넬리우스 역보다 대사가 많은 것도 같지만, 아무튼 귀여운 소년 목소리입니다.

귀족 여성1이 후지와라 나츠미 씨. 빌프리트 역도 맡으셨네요?! 하고 놀랐습니다. 같은 장면에 있는데도 목소리 전환이 정말 대단합니다.

귀족 여성2는 요리타 나츠 씨. 요리타 씨도 코르넬리우스, 학우에 이어서 세 명째입니다! 성우라면 당연히 하는 건가요? 성우라는 일에 필요한 기술이 너무 대단해서 현기증이 나네요.

귀족 남성2는 타마루 아츠시 씨. 다무엘 역도 맡으셨습니다. 그냥 들어보면 다무엘이랑 똑같다는 느낌이 전혀 없습니다. 훨씬 연상인 줄 알았어요.

이 장면의 귀족들 대화는 쿠니사와 씨가 '드라마 CD니까 처음 듣는 분도 악역이라는 걸 알 수 있게'라고 주문하셔서 악역 같은 느낌을 더 강조해서 전해드립니다. 분명히 귀족들의 대화는 지문이 없으면 어떤 상황이고 어떤 심정으로 말하고 있는지 알기 힘들겠죠.

녹음 뒤에 의논해서 대사를 조금씩 바꿨습니다. 들었을 때 바로 이해가 안 되는 부분을 수정하거나 이 부분은 필요 없으니까 삭제하고…….

소설에서는 '표기 통일'이라는 문제로 주의해서 똑같이 맞추는 호칭도, 몇 번이나 '빌프리트 형님'이 나오면 귀에 거슬리니까 '형님'이라고 줄이는 게 어떠냐는 제안을, 사와시로 씨가 해주셨습니다. 성우이기에 생각할 수 있는 문제구나, 라고 감탄했습니다.

다음 장면에서 목소리를 맞춘 건 슈팅루크 역의 사쿠라이 타카히로 씨와 보니파티우스 역의 이시즈카 운쇼 씨.

사쿠라이 씨 "슈팅루크는 어떤 목소리로 하면 될까요?"

음향 감독님 "페르디난드 그대로 하면 된다고 하시네요. 목소리 톤이나 말투까지 똑같이."

사쿠라이 씨 "……. 예? 대체 무슨 존재인가요?"

음향 감독님 "마검이라고 하시네요. 페르디난드 목소리로 말하는 무기고, 안게리카의……."

다음 순간, "칼이 말한다고?!" "마검이라고?! 푸핫" 하고, 부스 안에서 영문 모를 웃음이 터져 나왔습니다. 그런 와중에 "아, 제 검이요?! 제가 주인이군요!"하고, 안게리카 역의 아사노 씨가 의기양양하게 말해서 또 웃음이 터져 나왔습니다.

이시즈카 씨는 테스트에 첫마디를 말한 순간, 조작실에서 '보니파티우스!'라고 하면서 웃음이 터져 나왔습니다. 만장일치로 보니파티우스. 그냥 손뼉을 치면서 "대단해, 할아버지!"라고 말하며 웃을 수밖에 없을 정도로 보니파티우스. 다른 사람이 연기하는 생각도 못 할 정도로 딱 맞는 역할입니다. 로제마인을 도와주러 왔을 때는 웃음을 참을 수가 없었습니다.

음향 감독님은 물론이고 이시즈카 씨도 '보니파티우스'를 발음하기 힘든지, "보니파…… 그냥 보니짱이라고 하죠. 보니짱으로 갑시다!"라고 말하면서 엄지손가락을 척, 하고 세워 보이고는 그 자리에서 애칭을 만들었습니다.

제가 조작실에서 "감상란에는 할아버지나 보니 영감이라고 하는데요"라고 말하고 싶었지만, 이쪽 목소리가 안 들리니 정말 아쉽네요.

베로니카 파벌의 이름 없는 캐릭터는 하야시 다이치 씨. 빈데발트 백작에다 베로니카 파벌 귀족까지. 전부 악역이면서 정말 훌륭할 정도로 다른 사람입니다. 배역 이름만 보면 엑스트라 같지만, 나중에 이름이 나오는 중간 보스 캐릭터입니다. 지금 단계에서는 이름을 말할 수 없지만, 로제마인을 덮치는 범인 역할입니다.

시커먼 옷 입은 인간 주제에 목소리가 너무 좋은 것 같더라고요. 멋있어요. '중간 보스 같은 느낌'이라고 부탁드렸는데, 예상보다 멋있었습니다.

천을 입에 대고 웅얼거리는 목소리로, 동시에 또렷한 발음으로 모든 말이 제대로 들려야 하다니…… 정말 말도 안 돼! 라고 생각했지만, 그걸 "흠, 흠" 하고 듣더니 "괜찮습니다"라면서 나가는 모습이 정말 멋졌습니다.

마지막으로 사와시로 미유키 씨께서 우라노 목소리를 만드셨습니다. 우라노는 회상 장면에서 딱 한 마디만 할 뿐이지만, 마인이나 로제마인과 연령층이 전혀 다르고, 무엇보다 다시 태어나기 전에는 완전히 다른 사람이었기 때문에 목소리를 확인할 필요가 있습니다.

사와시로 씨 "나이가 어떻게 될까요?"
음향 감독님 "스물둘. 대학생이라고 합니다."

그 말만 듣고, 사와시로 씨가 목소리를 딱 맞췄습니다. 너무 대단하지 않나요? 어린 로제마인과 또 다른 우라노 목소리, 그러면서도 말투가 똑같아서 서로 연결된다는 게 느껴집니다. 대사를 들었을 때 소름이 돋았습니다.

평민촌 가족에서도 계속 놀랐습니다.

권터 역은 다테 타다노리 씨. 녹음할 때는 모니터를 볼 여유가 없었기 때문에, 나중에 누가 어느 배역과 어느 배역을 같이 했는지 확인하고는, 으에에에?!하고 생각했습니다.

권터는 목소리가 너무 낮아서 '좀 더 젊은 목소리로'라고 주문했던 건 기억이 나는데, 설마 이번에도 다테 씨였을 줄이야……. 그런 느낌으로 깜짝 놀랐습니다. 다테 씨 정말로 대활약.

에파 역은 요리타 나츠 씨입니다. 요리타 씨도 정말 많이 하시네요. 아무 데서나 뿅, 하고 튀어나오는 느낌입니다. 하지만 목소리는 다른 사람. 이분이 특이한 건지, 성우라면 누구나 하는 건지…… 성우분들이 너무 대단해서 잘 모르겠습니다.

상냥하고 인정 넘치는 따뜻한 어머니. 그런 사람이 코르넬리우스와 같은 사람…… 으음, 대단합니다.

투리 역은 나카하라 마이 씨입니다. 게오르기네와 투리라니! 정반대 캐릭터! 하지만 나카하라 씨가 평소에 맡는 배역을 생각해보면, 투리 쪽이 상상하기 쉬울지도 모르겠습니다. 나카하라 씨가 연기한 투리도 정말 너무 귀엽습니다. 게오르기네와 같은 사람이라는 걸 믿을 수가 없습니다. "투리 완전 천사!" 소리가 나오는 나카하라 씨의 목소리를 기대해주세요.

녹음 중에는 대본을 뚫어지라 보면서 목소리에 집중하느라 바빠서 모니터를 거의 못 봤기 때문에, 성우분들의 상황은 알 수 없습니다. 중간에 '녹음 현장 리포트를 써야 하는데 이래선 안 돼!'라는 생각을 하고 고개를 들었지만, 시선이 저절로 대본 쪽으로 돌아갔습니다.

모니터를 본 시간은 얼마 안 되지만, 일단 알게 된 것 몇 가지.

사와시로 씨는 목소리만이 아니라 손짓이나 몸짓까지 크게 하면서 연기하셨습니다. 다른 사람들은 발을 어깨너비로 벌리고 소리를 내는 분들이 많았는데 말이죠. 마이크 위치가 고정돼 있어서 키가 큰 분들은 몸을 살짝 숙이기도 했습니다. 후지와라 씨가 빌프리트를 연기할 때의 뒷모습에서 왠지 소년 같은 힘찬 느낌이 들어서, 왠지 인상적이었습니다.

그리고 한 장면에서 여러 캐릭터가 말할 때는 위치 교대하는 것도 정말 힘들겠다고 생각했습니다. 일어나서 대기해야 할 때, 마이크 높이에 맞추기 위해서 몸을 살~짝 움츠리는 타케우치 씨의 모습이 귀여웠습니다.

저희가 수정할 점에 대해 논의하는 사이에 부스에 있는 성우분들이 뭘 하고 계시는지 몰랐는데, 어쩌면 같이 대본을 읽어보거나 '이 장면에서는 몇 번 마이크를 누가 쓰고 어디서 누구와 교대할까'에 대해 의논하는 건 아닐까, 같은 생각을 해봤습니다.

그리고 보니까 캐릭터와 닮은 분이 캐스팅됐을지도?. 라고 생각할 정도로, 나루미 토리우미 씨의 분위기가 완전히 질베스타였습니다. 저게 원래 모습이지, 목소리를 내지 않아도 부스에 있는 동안에는 질베스타인 건지, 그건 모르겠습니다. 쉬는 중에 "예~이" 같은 분위기로, 또 질문이 있는지 같은 분위기도 아닌데 카메라를 향해서 파닥파닥 손을 흔드는 모습이라든지, 화장실 앞에서 슬리퍼로 갈아신어야 하는지 당혹스러워하는 신인 분께 가르쳐주는 가벼운 분위기라든지. 완전히 질베스타라서, 그 목소리와 분위기로 "젠장! 신께 기도를!"이라고 말해줬으면, 하고 생각했습니다. (웃음)

사와시로 씨는 꽤 장난스럽고 마인 같은 구석이 있었습니다. 음향 감독님이 "휴식 끝났습니다. 괜찮으세요?"라고 확인했을 때, 카메라를 향해서 척, 하고 OK 사인을 할 때의 의기양양한 모습이 정말 귀여웠습니다. 그 직후에 어떤 분의 "조금만 기다려주세요!"라는 목소리가 들려왔습니다. 황급히 손을 크게 흔들면서 "자, 잠깐. 지금 그거 취소!"라고 말하면서 두 팔을 크게 교체해서 × 모양을 만들며 알려주려고 하는 사와시로 씨의 모습이, 만화판에서 마인이 길드장에게 거절하는 모습과 딱 겹쳐진다는 생각이 들어서, 저도 모르게 웃어버렸습니다.

사쿠라이 씨는 아주 진지하다는 인상이었습니다. 묵묵히 대본을 읽는 느낌의 모습만 봤던 것 같습니다. 어라? 하지만 슈팅루크 목소리에 관해 얘기했을 때는 다른 성우분들과 같이 얘기하고 있던 것도 같으니까, 아마 제가 모니터를 안 볼 때는 달랐을지도 모르겠습니다. 어쩌면 페르디난드 역할에 맞췄던 건지도⋯⋯?

'캐릭터와 신의 이름이 길어서 발음하기 힘들다'고 머리를 감싸는 성우분들도 많으셨습니다. 이건 이번 녹음에서 제가 제일 반성했던 부분입니다.

플로렌치아→플로렌차

슈첼리아→슈찰리아

게두르리히→게두⋯⋯ 어?

같은 느낌으로, 다들 많이 고전하셨습니다.

"정말 죄송합니다! 이름을 정할 때는 책으로 나올 예정도 없었고, 게다가 드라마 CD가 돼서 다른 분들께서 목소리를 입혀주시리라고는 꿈에도 생각을 못 했거든요!"

정말로, 조작실에서 계속 사죄했는데, 새 작품을 쓸 때는 소리 내서 읽기 쉬운 이름으로 해야겠다고 생각했습니다. 정말 죄송합니다. 귀찮은 발음, 정말 고맙습니다.

그리고 캐스팅을 담당하신 음향 감독님의 감성이 정말 대단하기도 하지만, 성우분들이 이렇게 자유자재로 목소리를 바꿀 수 있다면, 사전에 어떤 목소리를 내는 분인지 미리 조사해봤자 의미도 없겠다고 생각했습니다. 그것보다도 사람과 사람이 얼굴을 맞대고 하는 일이니까, 얼굴을 기억해두는 쪽이 더 중요했습니다.

돌아가는 성우분들께 인사를 하면서, "이 배역의 이런 점이 좋았습니다"라고 감상을 말하고 싶었지만, 얼굴과 배역이 일치하는 분이 절반도 안 됐기 때문에, 모든 분께 제대로 감사 인사도 못 드린 게 너무나 아쉽습니다. 결과적으로 이렇게 긴 녹음 현장 리포트로 제 마음을 전하고 있습니다만⋯⋯.

성우분들의 얼굴을 기억하고, 어떤 목소리를 내주셨으면 싶은지 제 안에 있는 이미지를 명확하게 표현하고, 그것들을 성우분들께 전할 수 있도록 정리해둘 필요성을 강하게 느꼈습니다.

바빠서 원작을 전부 읽지도 못한 성우분도 많으셨고, 「책벌레의 하극상」은 너무 길어서, 녹음할 부분이 발매되지 않은 상황에서 녹음했습니다. 제가 목소리에 대한 사전 조사보다 1부부터 지금까지의 줄거리나 캐릭터의 성격에 대해 더 자세하게 정리해뒀으면 더욱 좋은 드라마 CD를 만드는 데 도움이 되지 않았을까, 이제나마 반성했습니다.

또 기회가 있다면 이번에 경험한 것들을 살려보고 싶습니다. 귀중한 경험, 정말 감사합니다.

출연진 여러분은 물론이고 프로듀서님과 음향 감독님을 비롯한 드라마 CD 제작 스태프 여러분, 각본가 쿠니사와 마리코 님, 담당 편집자님을 비롯한 TO 북스 여러분, 그리고 바쁜 와중에 녹음 현장 리포트 만화를 그려주신 스즈카 임께 감사드립니다.

※이 리포트는 2017년 9월 9일에 발매된 「드라마 CD」 공식 홈페이지에 게재된 글을 가필 수정한 것입니다. 작중 날짜와 내용은 당시의 것입니다.

캐릭터 설정 자료집

노라 14세
- 연보라(푸르스름)색 머리
- 파란 눈동자

토르 11세
- 연보라(푸른 기 강함)
- 파란 눈동자

릭 11세
- 진녹색 머리카락
- 회색 눈동자

마르타 8세
- 진녹색 머리카락
- 회색 눈동자

노라/ 토르/ 릭/ 마르타

각 캐릭터가 카즈키 선생님의 이미지와 딱 맞아서 변경 없이 러프 그대로. 노라와 토르는 '둘 다 팔려버릴 정도로 귀여운 누나와, 쏙 닮았지만 건방져 보이는 동생'이라는 이미지였다는 것 같다.

before

after

유스톡스 32세
- 회색 머리카락
- 갈색 눈동자

오즈발트 30세
- 거무스름한 갈색
- 갈색 눈동자

유스톡스/ 오즈발트

유스톡스는 머리 모양을 곱슬머리처럼 변경. 오즈발트는 '사람을 부리는 데 익숙한 귀족 느낌'을 주도록 했고, 상급 귀족이라서 칼스테드 일가처럼 웃옷을 입으면 정장이 되는 것 같은 의상으로 변경.

라이덴샤프트의 창

불의 신 라이덴샤프트의 신구. 마력이 포화상태가 되면 창끝의 마석이 빛난다. '제3부III'의 표지에서 로제마인의 액션과 함께 빛나고 있다.

인고(33세)

- 황토색 머리카락
- 밝은 파란색

인고

젊어서 독립한 덕분에 목공협회장인 중에서는 막내. 매서운 눈빛에서 높이 올라가고 싶은 장인의 분위기가 느껴진다. 실제 삽화에서는 신전 안이다 보니 머리의 수건을 벗고 수염도 깎고, 꿰맨 부분이 없는 의상으로 그려졌다.

안게리카(12세)

- 옅은 하늘색 머리카락
- 진한 파란색 눈동자

필린느(7세)

- 꿀색 머리카락
- 새싹 같은 연두색 눈동자

안게리카/
필린느

카즈키 선생님 왈, '얌전하고 귀여운 외모 사기꾼 같은 분위기'의 안게리카는 이미지 그대로. 러프에서 허리에 중요한 아이템 '마검'이 추가됐다. 그림책 읽어주기를 좋아하는 필린느는 얌전하고 귀여운 느낌이 든다.

보니파티우스

- 61세
- 연갈색에 가까운 금발
- 하늘색 눈동자

게오르기네

- 32세
- 보라색에 가까운 파란 머리카락
- 녹색 눈동자

보니파티우스

'근육질 체형에 한눈에 봐도 칼스테트의 아버지라는 걸 알 수 있는 얼굴'이라는, 카즈키 선생님의 이미지대로. 체격이 좋고 페르디난드보다 키가 크니, 실제 일러스트에서는 주의.

게오르기네

시이나 선생님이 '악역 느낌+이목구비가 뚜렷한 미인'으로 디자인해주셨다. 32세답게 너무 젊지 않은 분위기도 잘 표현. 실제 삽화에서는 강렬한 이미지를 남겼다.

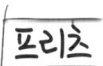

프리츠

- 26세
- 진한 갈색 머리카락
- 갈색 눈동자

프리츠

인내심이 강하기로 유명하고, 루츠와 길의 중재도 맡는 로제마인 공방의 숨은 공로자답게, '수수한 얼굴'(시이나 선생님 표현).

샤를로테

'머리카락이 돌돌 말리고 등신대 인형처럼 귀여운 얼굴'이라는 카즈키 선생님의 주문에, 시이나 선생님이 두 가지 안을 제출. '롤빵 머리 공주님 스타일'이 정통파인데다 지금까지 없던 머리 모양이라서 왼쪽을 선택.

제4부 귀족원의 자칭 도서위원 I

로제마인

10세

125 정도

로제마인(2년 뒤)

유레베에 잠겨 있었기 때문에 나이를 먹었어도 외모는 '제3부' 때 그대로. 의상을 귀족원 여성용 검은 옷으로 변경. 치마 양쪽에 테두리처럼 꽃장식이 추가됐다. 다른 영지에 유행을 어필하려는 목적으로.

필린느(2년 뒤)

하급귀족 견습 문관이자 1학년. 얌전한 이미지대로. 귀족원의 검은 옷에 영지를 뜻하는 망토를 걸쳤다.

슈바르츠/ 바이스

도서관의 마술구면서도 생김새는 토끼. 각자 원피스 색이 다르다. 조끼 디자인이 복잡한 건 마술적 가공이 들어갔기 때문에. 변경은 의상을 반소매로 하고 몸에 마석을 추가.

필린느 　　10세

140 정도

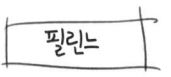 

• 이마에 진한 금색 마성
• 눈은 금색

슈바르츠　　　바이스

하르트무트

하르트무트

- 14세 (5학년)
- 빨간 머리카락
- 밝은 주황색 눈동자

오틸리에의 막내아들
175 정도

하르트무트

귀족원 5학년. 로제마인을 성녀로 숭배하고, 정보수집이 특기. 카즈키 선생님 왈, '얼핏 보면 생글생글 착해 보이지만 뜨겁게 말하기 시작하면 짜증 나는 느낌'.

브륀힐데

- 12세
- 진홍색 머리카락
- 연갈색 눈동자

157 정도
(+신발 힐. 160 정도)
귀족원 3학년생

브륀힐데

귀족원 3학년. 멋 내기를 좋아하고 귀족 아가씨다운 분위기와 기품이 드러나고 있다. 머리카락 색이 진홍색이니까 '제4부Ⅰ' 핀업 일러스트에 주목.

리젤레타

- 13세
- 에메랄드 그린색 머리카락
- 진녹색 눈동자

155 정도
(+힐 158 정도)
안게리카의 여동생
귀족원 4학년생

리젤레타

귀족원 4학년. 안게리카의 동생. 얼굴은 언니와 닮았지만 성격은 얌전. 조용히 서 있는 분위기. 웃는 표정을 잊지 않고, 이지적이고 담담하게 일을 처리한다.

디트린데

대영지 아렌스바흐의 영주 후보생. 게오르기네의 딸답게 자기중심적이고 요란한 느낌의 미인. 날카로운 눈매에 사격이 드러나 있다. 로제마인이 마음에 안 든다.

힐쉬르

사감이지만 기숙사에 없다. 자기 연구에 몰두하는 매드 사이언티스트. 페르디난드의 스승이라는 게 이해가 되는 분위기. 변경한 뒤에 앞머리에 웨이브가 들어갔다.

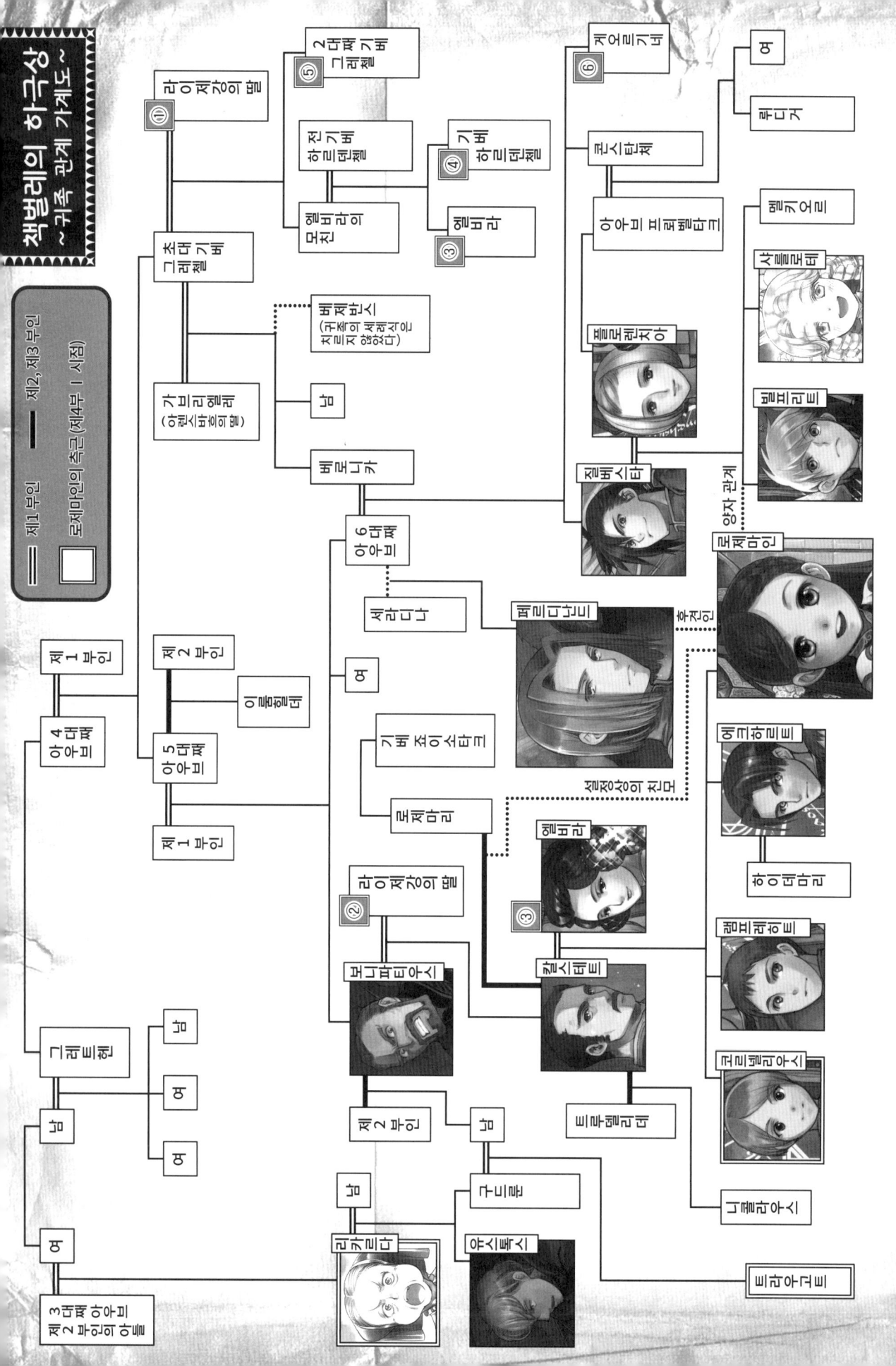

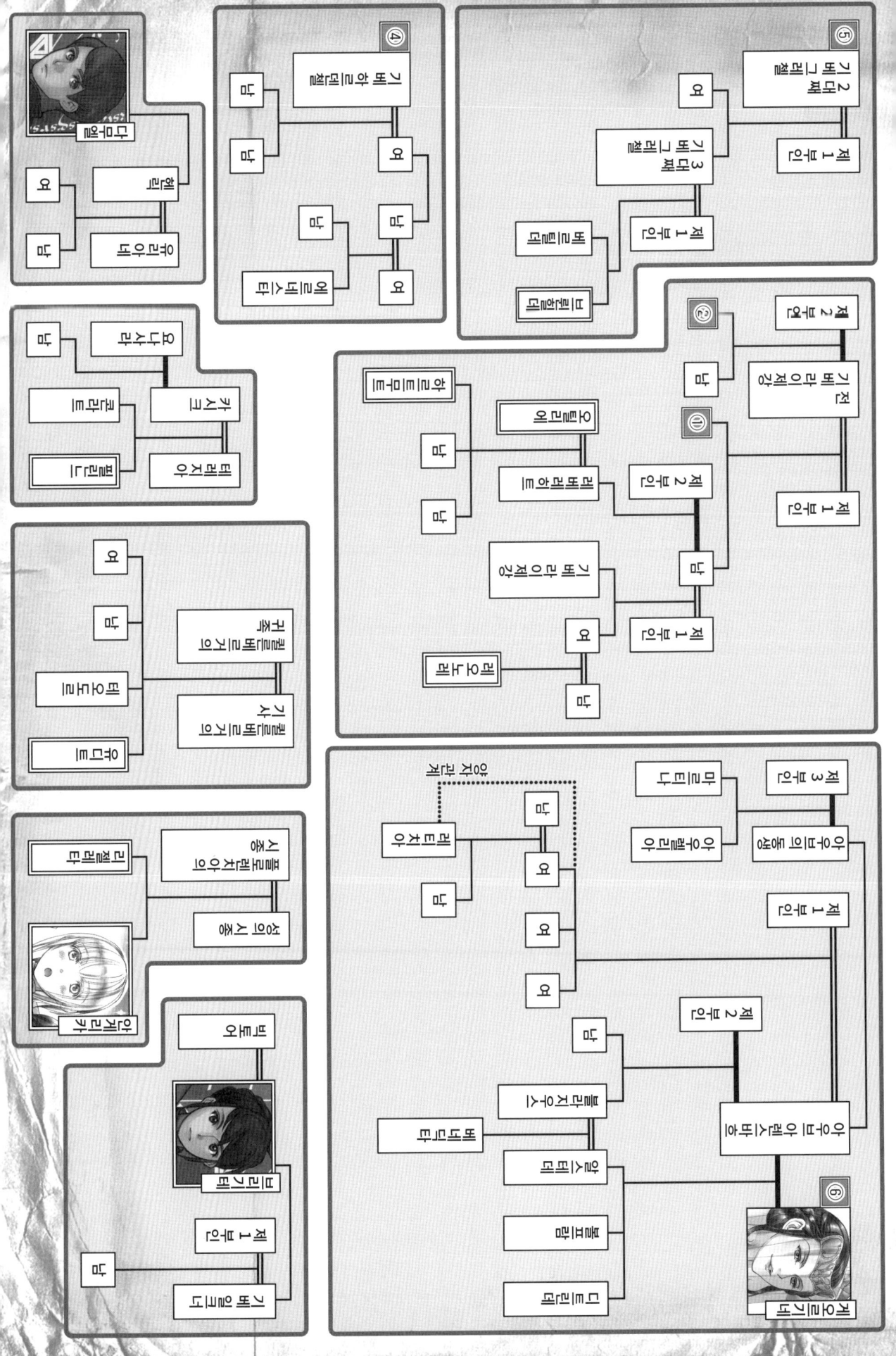

카즈키 미야 선생님 Q&A

2017년 7월 11~20일에 「소설가가 되자」 활동 보고에서 모집한 질문에 대답하는 코너. 지난번과 마찬가지로 '이런 걸 알고 싶은 건가' 수준의 놀라울 정도로 세세한 질문이 많았습니다. 이번에도 최대한 많이, 라고 생각하면서 열심히 대답했습니다.

카즈키 미야

Q 제1부에서 권터 아버지와 오토 씨가 일 끝나고 한잔하러 가는 장면이 있는데, 해가 지면 어두워질 것 같은데, 서민 마을에 가로등이 있나요?

A 가게 근처에는 화톳불이 있지만, 집에 갈 때는 직접 불을 들고 가지 않는 한 기본적으로는 새카맣습니다.

Q 신전의 회계 지출 항목(신의 마음, 신께 바치는 제물, 신께 바치는 꽃, 신께 바치는 물, 신의 자애)의 실체를 알고 싶습니다. 가장 많은 신의 마음은 청색의 급여일까요. 가능하다면 수입 항목(영주가 주는 예산과 친가의 기부와 수확제의 헌금뿐?)의 항목 명세를 알고 싶습니다.

A '신의 마음' 지출 항목에 적혀 있을 때는 신전장, 청색 신관의 급여. 수입 항목에 적혀 있을 때는 영주가 주는 예산. '신께 바치는 제물'은 신께 바치는 제사의 비용. 꽃, 향, 천 등. '신께 바치는 꽃', 꽃을 바치는 회색 무녀를 꾸미는 데 사용합니다. 원래는 귀족들이 오도록 신전을 정비하기 위한 비용입니다. '신께 바치는 물'은 접대비. 술값이나 연회 비용 등. 귀족이 오면 자신도 경비로 먹고 마실 수 있으니, 적극적으로 신전에 초대했습니다. '신의 자애'는 고아원 비용. 회색 신관복과 청소도구 등입니다. '신께 바치는 제물'은 영주의 예산 외에 들어오는 수입 전부. ○○에서 바친 것이라고 적혀 있습니다.

Q 2부 치유 의식에서 신관장은 마인이 자기 비호하에 있다고 딱 잘라 말했는데, 주위에서 이해한 내용은 장래에 페르디난드가 손을 댈 예정이라고 받아들였는데, 신관장도 견제하기 위해서 그런 의미를 담아 말했던 걸까요?

A 그 정도는 아닙니다. 공적으로는 어떻건 간에, 후견인처럼 대응하라는 선언입니다. '결혼하고 싶으면 날 통해라. 멋대로 하지 말고' 그런 느낌.

Q 마인이 칼스테드 밑에서 세례식을 했는데, 그렇게 되면 마인은 세례식 이전에 신전에서 견습 무녀로 활동한 게 됩니다. 귀족치고는 커다란 모순이 아닐까요? 공식에서는 대외적으로 활동하면 안 되는 시점에서 기사단의 요청을 받아들였습니다. 이걸 위해서 어떤 공작과 설득이 있었는지 여쭙고 싶습니다.

A 원래는 성인이 할 일이기에, 사전에 마력 문제로 미성년인 청색 견습 무녀를 의식에 데려가기로 했다고, 질베스타의 칼스테드에게 알려졌습니다. 미성년자 청색 견습 무녀을 데려간다는 얘기는 들었지만 설마 세례도 받기 전일 줄은 몰랐다는 게 기사단의 의견입니다. 그리고 귀족에게 신전은 귀족이 아닌 자들이 있는 장소라서, 귀족과 다른 짓을 해도 크게 신경 쓰지 않습니다. 귀족이 아니니까.

Q 2부에서 마인이 질 님네와 같이 습격당했을 때 아렌스바흐의 신식 병사의 존재를 시사했는데, 신식 정도는 경계문을 통과하지 않아도 영지의 결계에 반응하지 않는 건가요?

A 신식 병사는 주인과 같이, 평범하게 경계문을 지나서 에렌페스트의 기베가 있는 곳까지 가고, 그 뒤에 지시를 받아서 습격했기 때문에, 영지의 결계에는 딱히 반응하지 않았습니다.

Q 질베스타 입장에서 봤을 때, 가족의 얼굴을 계속 볼 수 있도록 신전에 남을 수 있게 배려해준 건, 마인을 친자식보다 더 예뻐하는 마음에 그런 걸까요?

A 신전장으로 취임시키고 제사를 맡기는 걸 보면 그렇게 예뻐하는 건 아니지만, 신전에서 지내게 한 것 때문에 라이제강계 귀족들이 험악한 시선으로 보게 됐으니, 배려는 했다고 할 수 있습니다.

Q 제3부 I 에서 페르디난드가 램프레히트에게 로제마인에게 무슨 일이 일어났는지에 대한 질문을 받고서 나중에 대답하겠다고 얼버무렸는데, 나중에 어떻게 대답했나요.

A 빌프리트가 로제마인의 체면을 엄청나게 깎아버리는 사건이 일어나서 그런 일에 신경 쓸 상황이 아니었기에, 딱히 추궁받지는 않았습니다. 추궁받지 않았다는 건 방치라는 뜻입니다. 참고로 추궁받았다면 '호위기사를 맡았던 램프레히트의 잘못'에 대해 받아치거나, 최근의 상황을 묻는 걸로 얼버무릴 겁니다. 애당초 제대로 상대해줄 생각이 없습니다. (웃음)

Q 로제마인의 세례식 메달을 본 페르디난드 님이 '역시'라고 말한 건 어째서일까요?

A 기억을 들여다봤을 때 어설프다고 말한 걸 통해서, 자신의 마력과 비슷하니까 전속성이라고 추측했다+오로지 엄청난 마력만 가지고 가족에게 전속성의 축복을 주고 있었으니까, 그걸 통해서 전속성이라고 추측했기 때문입니다.

Q 질 님이 개인적으로 이탈리안 레스토랑에 가기도 하나요? (암행이라든지)

A 없습니다. 굳이 가게까지 안 가고 성에서도 먹을 수 있게 됐고, 소개를 받아야만 들어갈 수 있으니 정체를 숨기고 갑자기 갈 수도 없고, 간 시점에서 로제마인에게 연락이 갈 게 뻔하거든요. 그게 얼마나 민폐인지, 로제마인이 확실하게 못을 박아놨습니다.

Q 마인이 러브레터라고 생각해서 숨겨뒀던 편지는 세상에 드러나면 마인이 죄를 뒤집어쓸 수 있는 일인데, 숨겼다는 건 페르디난드가 무마해줬다는 뜻인가요?

A 무마했습니다. '아직도 남아있던 것 같다'라면서 아무렇지도 않은 얼굴로 제출했으니까, 숨겼던 것도 아닌 게 됐습니다.

Q 귀족은 천을 잔뜩 사용하는 의상이 기본이고 발을 보이는 것도 파렴치하다고 하는데, 브리기테의 의상에서 어깨 노출, 팔 노출은 OK인가요?

A 어머니가 OK 했으니까 OK입니다. 오프숄더 의상은 원래 있었으니까. 팔은 너무 노출했다고, 파벌에서 공개했을 때 지적이 들어왔습니다.

Q 영주의 양녀 Ⅰ '배 아픈 요리사'에서 일제가 가져온 케이크를 겨울 준비 방에 놔뒀는데, 아무리 시원하다고 해도 여름일 텐데 말이죠. '밀피유'는 생크림을 쓰는데, 괜찮은 건가요?

A 일본의 여름과 기후가 다르고, 겨울 준비 방은 선선한 곳입니다. 서민 마을에서는 당연한 보관장소입니다. 그리고 일제가 가져온 건 밀피유가 아닙니다. '밀크 크레이프' '스펀지케이크'고, '마무리는 우리들'입니다. 생크림은 아직 사용하지 않았습니다.

Q 기사 말고는 마석으로 갑옷 만드는 방법을 안 가르쳐주나요? 마인한테 가르쳐줬으면 채집이 편했을 텐데 말이죠?

A 슈타프가 없는 상태에서 기수와 갑옷과 채집 도구에 한 번이라도 마력을 공급하는 건 기술과 숙련도가 꽤나 필요한 일이기 때문에, 기수를 우선했습니다. 특훈에 천천히 같이해줄 여유가 있었다면 했을지도 모르지만, 로제마인이 계속 새로운 스케줄을 잡는 탓에, 그렇게 한가한 시간이 없었습니다. 갑옷보다 인쇄기가 중요하니까 어쩔 수 없습니다.

Q 도보로 1시간에 4km고 8시간에 32km/하루. 말이 도보의 두 배라고 하면 62km. 폰테돌프에서 말로 나흘, 반대쪽에서 말로 엿새라면 걸어서 20일, 620km 정도. 눈길이나 산길 등을 고려해도 대략 지름 200km 이상이나 되는 무인지대, 일본 간토 지역 정도 되는 범위, 라는 계산이 된다고 봅니다. 폰테돌프에서 여신의 목욕터에 관한 설명은, 어쩌면 말로 며칠이 아니라 몇 시간을 잘못 표현한 게 아닐까요.

A 세계가 다르니까 계산의 전제가 전혀 다릅니다. 먼저 가도처럼 잘 정비된 길을 이동하는 게 아니고, 어지간히 높은 산은 물론이고 산 앞에는 눈 쌓인 숲도 펼쳐져 있어서, 이동 속도가 느립니다.

그리고 겨울 저택에 사람들이 모여 있는 계절이라서 주위에 사람 사는 마을이 없고, 역마차도 없어서 말을 바꿔 탈 수가 없습니다. 말도 사람도 휴식이 필요하고, 여관에서 묵을 수도 없기 때문에 해가 지기 전에 미리미리 야영지를 찾아서 야영 준비를 마쳐야 합니다. 그리고 계절 특성상 해가 떠 있는 시간이 짧기 때문에, 하루에 8시간이나 이동할 수도 없습니다. 그리고 기사라면 간단히 쓰러트릴 수 있는 마수라도 평민들은 함정을 파놓거나, 한 마리와 싸우는 데 여러 명이 덤벼야 하기 때문에, 마수 토벌에 상당한 시간이 걸립니다. 그래서 하루에 이동 가능한 시간이 더 줄어듭니다.

그리고 유르겐슈미트의 사정에서 상당히 중요한 부분인데, 목적지가 '여신의 목욕터'다 보니 여신상에 바칠 제물이나 태도에 따라서 길이 복잡해집니다. 꼭 로제마인 일행처럼 최단거리, 최단시간으로 도착할 수 있는 건 아닙니다.

Q 봄의 소재 채집 전에 로제마인과 신전 사람들이 과자를 제물로 바친 때 일입니다. 그 과자는 그 뒤에 사라져버리는 건지, 일단 바친 다음에 사람이 먹는 건가요.

A 사라져버렸습니다. 참고로 과자는 작은 빛이 먹어버렸습니다.

Q 봄의 소재 채집 때 여신의 목욕터에서 일어난 판타지 같은 일은, 역시 플류트레네의 개입인가요? 과자를 먹던 작은 빛은 신의 개입용 단말 같은 건가요?

A 여신의 목욕터는 물속성 마력이 모이기 쉬운 곳이고, 작은 빛은 마력 덩어리입니다. 마수한테는 맛있는 음식이죠. 물속성이라서 봄의 권속에게 기도가 전해지기 쉽고 개입하기 쉽습니다.

Q 일크너에서 사는 루츠 일행이 강에서 물고기를 잡아먹었는데, 환영하는 자리에는 내놓지 않았나요? 아니면 정체불명의 식재료라서 내놓지 않았나요?

A 음식을 나눠주는 프랑과 모니카가 로제마인에게 줘도 문제없다고 판단한 음식만 접시에 놓입니다. 처음 보는 식재료, 얼핏 봤을 때 포크와 나이프로 먹기 힘들어 보이는 것, 내려줬을 때 자신이 곤란해지는 것은 내놓지 않습니다.

Q 빌프리트의 적자 자격을 박탈했을 때, 구체적으로 어떻게 되나요?

A 영주의 자식 자격이 사라지고, 귀족이 아니게 됐다는 것을 보여주기 위해 신전에 들어가게 됩니다. 당연히 귀족원도 못 갑니다. 베로니카를 따르면서 공개적으로 질베스타에게 반발한 경우 하얀 탑이면 관대한 처벌이고, 베로니카와 함께 처형되는 쪽이 타당합니다.

Q 세례식에서의 축복을 람프레히트 시점에서는 불안하게 여겼고, 더 불온한 생각을 했던 사람도 있었던 것 같은데, 그런 사실을 본인에게 전하지 않는 게 시종이 할 일인가요?

A 마력량을 인정받아서 양녀가 된 로제마인은, 귀족들에게 자신의 유용성을 보여줄 필요가 있었습니다. 그리고 거울 사교의 시작입니다. 빌프리트를 지키면서 귀족과 대응해야만 하는데, '실패했다…'고 풀 죽어 있는 주인을 더 불안하게 만든다면 시종이라고 할 수도 없겠죠.

Q 빌프리트가 세례식 전에 같이 지냈던 가족은 베로니카뿐인데, 어째서 그렇게 부모님과 보내는 시간을 원하고 기대했던 걸까요? 베로니카는 질베스타와 빌프리트 외에는 칭찬하지 않는 이미지고, 플로렌치아의 험담도 할 것 같은데 말이죠.

A 아주 가끔 만났지만, 정말 예뻐해 주는 친척과 보내는 시

간을 기대한 적은 없었나요? 빌프리트는 가족이 조모, 부모님이 친척이라는 거리감이지만, 만나는 것 자체는 기대해왔습니다.

험담을 험담이 아닌 것처럼 하는 게 귀족 여성의 소양입니다. 빌프리트가 더 민감, 또는 성장하게 되면 베로니카가 빈정대고 이죽대는 말만 했다는 걸 알아차렸을지도 모릅니다.

Q 로제마인이 된 뒤로 여러 가지 개혁을 시작한 데 대해, 빌프리트는 어째서 초조해하지 않았나요?

A 에렌페스트에 이익이 되기는 해도 로제마인이 취미로 하는 일이고, 빌프리트의 경우에는 다른 사람의 취미에 손을 대기 전에 부족한 교육을 받는 쪽이 중요했기 때문입니다.

Q 빌프리트의 재교육이 어설픈 건 왤까요? 베로니카가 실각한 뒤에 교육권을 되찾았는데, 플로렌치아는 대체 뭘 했을까요. 바쁘다는 건 핑계가 아닐까요? 영주 후보생으로서의 교육만 받았으면 된 거라고 생각했을까요?

A 어설픈 건 플로렌치아가 아니라 수석 시종인 오즈발트겠죠. 북쪽 별채에 들어가면 반쯤 독립 상태다 보니, 플로렌치아가 할 수 있는 건 정기적으로 상황을 보는 정도입니다. 뭘 할 수 있고 뭘 못 하는지 체크하는 것 보다, 교육을 마치는 자체를 우선했습니다. 발표회는 간신히 넘어간 수준이고, 학습도 완전히 부족합니다. 페슈필도 겨우 한 곡만 연주할 수 있는 수준이니까요.

Q 로제마인이 밝히지만 않으면, 빌프리트는 언제 베로니카가 범죄자라고 말할 생각이었을까요? 샤를로테는 이미 측근에게 들은 것 같은데 말이죠. 발표회 전에 과제를 내주거나 측근이 그만두기도 하다보니 피폐해진 상태라서, 말하는 걸 미룬 걸까요?

A 주위와 빌프리트가 좀 더 진정되면… 귀족원에 가기 전쯤일까요. 베로니카에 대한 보고는 질베스타에게 달렸습니다. 플로렌치아가 말하면 아무래도 너무 감정적이 뒤기 때문에, 훗날의 부모자식 관계에 문제가 생길 가능성도 크니까요.

샤를로테가 알고 있는 건, 플로렌치아가 베로니카의 실각을 기뻐했기 때문입니다. 어머니를 벌하는 것 때문에 풀죽은 남편의 모습을 봤으면서도 자신은 안도하고 기뻐했던 것에 대해, 플로렌치아는 죄악감을 품고 있습니다.

Q 플로렌치아의 측근은 프뢰벨타크에서 데려온 사람들 외에 기베 라이제강의 이복동생인 하르트무트의 부친이 있는데, 빌프리트의 교육 정보가 하나도 안 들어왔다는 건가요? 그리고 어머니는 아무것도 안 가르쳤나요.

A 아무것도는 아닙니다. 일상 보고를 통해서 질베스타가 교육이 늦어진다는 걸 조금이나마 알고 있던 것처럼, 플로렌치아도 어느 정도는 알고 있었습니다. 예상보다 훨씬 심했지만. '나도 저랬다' '어머니가 키웠으니 나 정도는 되겠지'라는 질베스타의 말을 70% 정도는 믿고 있었

던 것과 빌프리트의 교육 수준이 '에렌페스트 영주 일족의 표준'이라고 생각했던 점이 큽니다.

그리고 측근도 어머님도 자세한 건 가르쳐주지 않았습니다. 질문하신 분이라면 미리 가르쳐주실 건가요? '당신 아들이 너무나 못돼먹었다는 이유로, 베로니카 님과 함께 실각시킬 예정입니다. 샤를로테 님이나 멜키오르 님을 차기 아우브로 내세울 테니까, 빌프리트 님은 포기하세요'라고 말이죠.

Q 3부 시점에서 코르넬리우스와 안게리카는 다무엘을 어떻게 생각하고 있을까요? 아무리 예전부터 사이가 좋았다고 해도 하급귀족이 측근에 지시를 내리는 역할이라는 데 아무렇지도 않을까요? 아니면 금세 없어질 존재니까 별생각이 없었을까요?

A 브리기테가 신전에 적응할 때까지는, 익숙한 다무엘이 로제마인의 지시를 받는 걸 어쩔 수 없다고 생각했습니다. 지시를 내리는 건 가능한 브리기테에게 맡겼으니, 가끔씩 짜증은 나도 받아들였습니다. '안게리카의 성적 올리기 부대'에서 안게리카는 '다무엘이 없으면 진급할 수 없습니다'라고 순수하게 존경. 코르넬리우스는 '로제마인의 말도 안 되는 소리를 이렇게까지 꼼꼼하게 처리하는 건가'하고 솔직하게 감탄했습니다.

Q 다무엘은 보통 문관보다, 단순한 사무에서도 상사의 말도 안 되는 요구에 대응할 것 같은 이미지인데, 하급이지만 본직인 헨릭과 블랙 아르바이트인 다무엘을 비교했을 때, 지금은 누가 더 우수할까요?

A 교육자가 페르디난드고 실패하면 물리적으로 목이 날아갈 수 있는 물러날 곳이 없는 상태에서 쥐어짜이고 있으니까, 몇 년만 지나면 싫어도 다무엘 쪽이 우수해집니다. 신전 업무, 완전 블랙입니다.

Q 『구출』에서 '하필이면 그걸 썼나'라고 말한 약은, 마력의 흐름을 악화시키는 약인가요.

A 맞습니다. 약으로 마력의 흐름을 바꾸면 마력을 평소처럼 쓸 수가 없습니다. 마력을 마음대로 쓸 수 없게 해서 반격을 막고, 평민도 운반할 수 있게 했습니다.

Q 로제마인 압축법의 효과는 정신력에서 어느 정도 차이가 나는 걸까요. 예를 들자면 양아버지와 칼스테드와 페르디난드일 경우 before, after 차이가 어느 정도가 될까요.

A 여성이 운동을 통한 효율적인 다이어트 방법을 알게 됐을 때 얼마나 성실하게, 정기적으로, 오랫동안 하는지에 따라 효과가 전혀 달라지는 것처럼, 알기만 해서는 의미가 없습니다. after가 어느 시점인지에 따라 큰 차이가 납니다.

Q 계약마법 양피지 관리에 대해. 길드 관련 양피지는 프리다가 볼 수 있는 방에 있었습니다. 에렌페스트의 계약서는 에렌페스트의 어느 방에 보관되는 걸까요? 관리하는 문관은 상당히 높은 직책이고 엄중한 관리가 필요할 것

같은데, 이것도 사람을 계약으로 속박해서 관리하는 걸까요. 이름을 바치는 것이 필수인지, 그런 게 궁금합니다. 그리고 로제마인 압축법의 계약 마술 양피지는 유르겐슈미트 중앙영지에 모이는 건지, 귀족원 방에 모이는 건지도 궁금합니다.

A 계약 마술의 계약서는 사본을 남겨두지 않으면 남지 않습니다. 타서 사라져버립니다. 상업 관련으로 평민이 계약 마술을 사용했을 때, 상인은 길드에 계약서를 제출할 의무가 있습니다. 벤노가 제출했으니까 상업 길드가 관리했던 겁니다. 그리고 귀족 간의 계약 마술 관련 서류에 대해서는 영지 경영에 깊게 관련된 계약의 자세한 내용이 적힌 서류를 관리하는 자료실이 있고, 보통 문관이 관리하기는 하는데, 모든 계약서를 제출하는 건 아닙니다. 로제마인의 마력 압축법에 대한 계약에 필요한 마술구를 가져왔는데, 그 내용에 대해 제출할 의무는 없습니다.

Q 게오르기네가 아렌스바흐의 제1 부인이 된 건, 그렇게 되도록 게오르기네가 뭔가 손을 썼기 때문인가요? 아니면 그냥 우연일까요?

A 아렌스바흐의 제1 부인 자리는 우연히 될 수 있을 만큼 간단한 지위가 아닙니다.

Q 리카르다처럼 로제마인이 칼스테드의 자식이 아니라는 확신이 있으면서도 가만히 있는 사람이 또 있을까요?

A 어지간히 가까운 사람이 아니면 사소한 버릇으로 거짓말이라는 걸 간파할 수도 없으니까, 그런 사람은 없습니다. 칼스테드의 어머니가 살아계셨다면 알아차렸을지도 모르겠네요.

Q 보니파티우스는 진심으로 로제마인이 자신의 피를 이어받은 손녀라고 믿고 있는 건가요?

A 엘비라의 자식이라고 생각하지는 않았지만, 최소한 칼스테드의 자식이라고 생각합니다.

Q 유레베는 어떤 귀족이든 가지고 있는 것 같은데, 다들 욕조 하나를 채울 만큼의 양을 숨겨진 방 같은 곳에 놔두고 있는 건가요.

A 기사 등은 생명줄이니까 보관해두고 있습니다.

Q 로제마인이 유레베에서 눈 떴을 때, 페르디난드가 전혀 달라지지 않아서 2년이 지났다는 걸 알아차리지 못한 것 같은데, 페르디난드는 어째서 전혀 달라지지 않은 걸까요.

A 8세에서 10세, 13세에서 15세라면 2년 만에 많이 달라지겠지만, 22세에서 24세면 그렇게 변하지 않습니다. 무엇보다 페르디난드의 경우에는 처음 만났을 때가 마력을 착취당하고 일이 너무 많아서 피로 때문에 유난히 늙어 보이던 시기였기 때문에, 처음 만났을 때와 크게 달라지지 않았습니다. (웃음)

Q 제3부 마지막 부분인데, 로제마인이 2년이라는 긴 세월이 지나고 무사히 유레베에서 나왔을 때, 페르디난드 님

은 어떤 기분이나 감정이었을까요?

A 이제야 깨어났나. 너무 오래 걸렸다, 이 멍청한 녀석. 정말이지, 귀찮게 하기는….

Q 페르디난드 님이 태어난 계절과 마력의 색은?

A 태어난 계절은 봄이라고 합니다. 전속성이라서 마력의 색은 진주처럼 거의 하얀 색이지만, 속성이 어느 한쪽으로 크게 기운 게 아니다 보니 여러 가지 옅은 색들이 보이는 느낌입니다.

Q 페르디난드는 마인의 요리사를 무조건 신뢰하는 것 같은데, 신뢰하는 사람의 측근(평민)은 경계 대상이 아니라는 뜻인가요?

A 처음부터 믿었던 건 아닙니다. 마인과 서민 마을의 관계, 요리사가 만든 것을 권하는 마인의 언동을 세세하게 체크했습니다. 대놓고 말하자면 요리사나 마인이 아니라, 자기 시종이었던 프랑을 믿는다고 보는 게 맞겠죠.

Q 시종에게 시종이 필요하다면, 유스톡스를 믿을 수 없었던 페르디난드는 신전에 들어올 때까지 어떻게 살았던 걸까요. 유스톡스에게도 시종이나 하인이 있을 텐데, 페르디난드는 그 사람들을 전부 믿지는 못했을 것 같은데 말이죠.

A 리카르다의 시종이 로제마인과 넉살 좋게 접하는 일이 없는 것처럼, 유스톡스의 저택에 가지 않는 한은 그 사람의 시종이나 하인이 페르디난드와 접하는 일은 없습니다. 부부나 부모자식 등의 가족이 아니면 시종이나 하인은 공유하지 않습니다. 유스톡스의 시종이 하는 일은 주인의 생활권을 정돈하는 것이고, 페르디난드 앞에 나서서 주인을 시중드는 일은 없습니다.

Q 신전에 갇혔을 때, 페르디난드는 결혼을 포기했을 것 같은데, 아버지가 부인과 살라고 주택을 물려주셨는데, 거기에 대해서는 아무 생각도 없었던 걸까요? 마인한테 집요하게 자식을 낳는 것은 귀족의 의무라고 말했던 것 같은데, 정작 자기는 의무를 다하지 않은 것 같고….

A 상대가 있다면 결혼을 했겠죠. 마력과 입장이 맞고, 베로니카가 홀대하는 페르디난드를 받아줄 가문이 없었기 때문입니다. 로제마인에게 귀에 못이 박히게 말했던 건 여러 의미로 입장이 약하니까, 결혼과 출산으로 안전을 믿을리는 의미가 큽니다. 마력이 강한 아이를 낳을 수 있는 여성은 우대받으니까요.

Q 페르디난드는 어째서 베로니카를 독살하거나 되레 독으로 공격하지 않았던 걸까요.

A 아버지가 살아계시는데 아버지의 아내를 죽이는 건 위험 부담이 너무 컸습니다. 사망 직후에 베로니카를 암살하면 질베스타에게 선전포고하는 꼴이 되고요. 그 뒤에는 신전에 들어가서 정치 세계에서 발을 뺐는데, 에렌페스트를 혼란에 빠트리는 건 좋은 일이 아닙니다. 페르디난드를 통해서 이익을 보는 귀족보다 베로니카를 통해서 이익을 보는 귀족이 압도적으로 많으니까요. 독단으로

폭주해서 암살하는 게 가능하기는 하지만, 페르디난드는 그런 짓을 안 합니다.

Q 페르디난드가 환속할 때면 에렌페스트에는 결혼이 가능하고 마력이 맞는 여성이 없지만, 결혼한 사람이라면 있기는 하다고 하셨는데, 플로렌치아 얘기인가요?
A 베로니카입니다. 아렌스바흐 영주 후보생과 에렌페스트에서 가장 아우브에 어울렸던 초대 기베 그레첼의 딸이니까요.

Q 브론 남작에 대해 가르쳐주세요. 남작이면 하급귀족인 것 같은데, 길베르타 상회의 로제마인과의 중개를 의뢰한다거나 하지는 않았나요.
A 귀족들 사이에서 '이 가게를 추천합니다'라고 소개하는 경우는 있어도, 평민 상인이 중개해서 귀족에게 귀족을 소개하는 일은 없습니다. 그리고 중개가 잘되지 않으면 화가 난 귀족이 상인을 위험하게 만들 수도 있으니까요. 귀족 세계에 너무 깊이 파고들지 않는 게, 상인이 오래 살아남는 길입니다.

Q 프리다는 장래에 하급귀족 헨릭의 첩이 되기로 계약을 맺었는데, 로제마인 덕분에 에렌페스트 영주의 눈에 들게 됐습니다. 이대로 당초 계약대로 첩이 되는 건 영주에 대한 불경을 저지르는 게 될까요? 헨릭의 입장이 나빠질 거라고 생각되는데, 앞으로 어떻게 되는 거죠?
A 영주가 이미 맺은 계약을 취소하라는 명령을 내린 것도 아닌데 왜 불경이 될까요? 요리를 만드는 건 요리사지 프리다가 아니고, 질베스타는 헨릭과 프리다의 계약을 모르고, 알아봤자 평민이 그렇게 사는 건 당연한 일이니까, 영주가 개입할 일은 아니라고 봅니다. 계약대로 될 겁니다.

Q 기수 렛서 군은 페달이나 핸들, 안전띠 같은 건 재현한 것 같은데, 앞 유리나 옆쪽 창문 유리 부분도 재현했을까요?
A 마력 막이 있는 느낌입니다. 유리하고는 다르죠. 운전 중에는 투명해서 밖이 보이고, 원래 돌이었다가 뿅하고 변화했으니까, 로제마인은 원래 그러려니 하고 딱히 신경쓰지 않습니다.

Q 매번 그다지 좋지 않은 반응이 나오는 마인의 센스 밀입니다만, 유르겐슈미트에서 그 센스를 받아들이지 못하는 것뿐인지, 마인 자신은 자각이 없지만 센스가 이상한 건지, 어느 쪽일까요?
A 양쪽 모두입니다. 디포르메라는 문화가 없어서 잘 받아들이지 못합니다. 센스 문제는 현대로 비유하자면 바퀴벌레를 기수로 만들었다는 느낌이려나요. 벌레를 좋아하는 분이라면 재미있겠지만, 아무리 디포르메한다고 해도 받아들이지 못하는 분이 많으니까, 디포르메가 귀엽고 아니고의 문제가 아니라, 주위 사람들이 왜 그걸 골랐어~? 바퀴벌레 말고 토끼로 해야지! 라고 외치는 상태입니다.

Q 로제마인은 질베스타나 페르디난드에게 반항하면 죽을 거라고 생각하는 경우가 있는데, 실제로 반항하면 질베스타와 페르디난드는 어떻게 대처할까요? 로제마인이 정말로 아우브 에렌페스트가 되려고 한다든지 했을 때.
A 친아들이 반역죄로 신전에 들어가거나 처형이니까, 평민 출신인 로제마인이라면 틀림없이 처형입니다. 로제마인을 귀족으로 받아들이겠다고 제안한 페르디난드가 책임을 지고 마술 계약의 샛길을 사용해서 처형당할 겁니다. 만약 페르디난드가 그러지 못하는 상황이 찾아오면, 마술 계약을 맺지 않은 영주의 측근이 대신 실행합니다.

Q 에렌페스트에는 경계문이 여러 개 있는데, 클라센부르크나 아렌스바흐와의 경계문을 통한 왕래는 어느 정도일까요?
A 클라센부르크한테 에렌페스트 따위는 안중에도 없는 존재라서 거의 왕래가 없지만, 아렌스바흐나 프뢰벨타크와는 귀족이나 상인의 교류도 있습니다. 제2부에서 다른 영지의 귀족이 귀족 거리에 들어가는 건 금지했지만, 그 밖의 사람들은 경계는 해도 왕래를 금지하지는 않습니다.

Q 유르겐의 수영 개념과 수영복 사정을. 실제로는 기사 한정 습득 기술인가요?
A 바다가 없는 영지에서는 딱히 필요가 없어서 수영이 없습니다. 밖에서 수영복을 입다니 이 무슨 파렴치한! 물에 들어갈 때는 기사의 전신 갑옷입니다.

Q 여성은 평민도 귀족도 성장하면서 단계적으로 치마 길이와 머리 모양이 달라지는데, 남성도 뭔가 연령에 따른 복장 변화 같은 게 있나요?
A 평민도 귀족도 10세까지는 반바지도 입지만, 그 뒤에는 어른과 똑같이 입습니다. 여성만큼 명확한 건 아닙니다. 성인이 될 때까지 슈타프를 받지 못했던 옛날에는, 10세 때 마술구 무기를 받았습니다.

Q 서민 마을의 평민이 사냥할 수 있는 마수가, 슈밀 말고 다른 것도 있을까요? 마수 새끼라든지 말이죠.
A 당연히 슈밀 말고도 있습니다. 마수도 새끼라면 어떻게든 할 수 있는 게 많고요. 어미가 나온 시점에서, 평민 측은 끝장이지만.

Q 마인이 파루 나무에서 열매를 딸 수 있다면, 자기 마력으로 물들인 특별한 파루를 딸 수도 있을까요?
A 가지가 아니라 열매를 잡고 마력을 흘려 넣어서 물들이면, 파루가 아니라 마석을 얻을 수 있습니다.

Q 만약 마인이 파루를 따러 가거나 별 축제에 참가해서 자주 마력을 버릴 수 있었다면, 신전의 견습 무녀가 되지 않고 살았을 가능성도 있을까요?
A 그 정도 가지고 어떻게 될 마력이 아니라서 아마도 10세쯤? 성인이 되기 전에 죽었습니다. 또는 토론베를 자라

게 하는 위험인물이라고 붙잡혀서 처형당했습니다. 딸을 체포해야만 하는 귄터의 심정을 생각해보면, 신전에 들어가게 돼서 다행이네요.

Q 로제마인은 요리 조리법 책을 팔고 있는데, 그 전까지 책이 하나도 없었던 시대에 요리책 같은 게 있었을까요?
A 요리사는 기본적으로 평민이라서 글씨를 읽을 수 없다고 생각하는 게 좋습니다. 그리고 귀족이 주방에 가는 일도, 자세한 조리법을 알고 있어서 가르쳐주는 일도 없으니까, 요리책은 존재하지 않습니다. 요리사는 그 집에서 만드는 음식의 맛을 배우거나 옆에서 보고 배우는 느낌입니다. 미식가가 일기처럼 '이게 맛있었다'라고 적은 목패 정도는 있겠지만, 만드는 방법을 적어놓은 건 아니니까 요리책은 아닙니다.

Q 로제마인의 요리, 평민이 계속 먹으면 신식이 되기 쉽다든지 하는 건 아닌가요?
다른 분도 말했지만, 로제마인의 조리법이 퍼지면서 귀족의 마력량에(길~~~게 봤을 때) 영향을 주거나 평민의 신식이 늘어날 수도 있을까요?
A 글쎄요. 몇 대에 걸쳐서 계속 먹는다면 다소 영향이 있을지도 모릅니다. 하지만 마력 압축으로 늘어나는 걸 생각해보면 사소한 양입니다.

Q 슈첼리아의 방패가 로제마인에게 적의가 있는 것을 튕겨낼 뿐이고, 로제마인이 안에 들여보내고 싶지 않은 사람을 거절하지 못하는 데는 이유가 있나요?
A 로제마인이 명확한 적이 아닌 사람을 죽이고 싶지 않다고 생각하기 때문입니다. 슈첼리아의 방패를 사용할 때는 상당히 위험한 상황입니다. 방패에 들여보내지 않으면 죽을 가능성이 크고, 좋아하지는 않지만 적은 아니다. 좋아하지는 않지만 눈앞에서 죽게 두고 싶은 건 아니다. 그럴 때는 안에 들여보내고 싶지 않아도 로제마인이 거부할 수 없습니다.

Q 마인의 번역 기능 말인데요, 귀족이 된 뒤에도 번역 기능에 의존하고 있을까요. 숫자를 생각하면 현지 숫자를 쓸 수 있었던 것 같은데….
A 마인의 번역 기능은 평민 중에서도 아파서 누워만 있고 경험이 적은 5살 아이 수준이었기 때문에, 초기에 가족과 대화하는 데 도움이 된 정도입니다. 모르는 단어투성이인 데다, 그 이상은 스스로 배우는 수밖에 없었습니다. 숫자도 시장에 가서 스스로 '이게 0' '이게 3'이라고 배웠을 뿐입니다.

Q 눈보라 속에서도 성 입구 쪽 방향을 정확히 알 수 있는 능력은, 예상되는 지자기장을 감지하는 능력만 가지고는 부족한 것 같은데, 어떤 성질이나 요소를 상정하셨나요.
A 나이를 먹으면 마력을 느끼는 능력과 관계가 있습니다. 그래서 겨울의 주인 토벌 등, 밖에 나가는 일은 성인으로 한정됩니다. 그리고 기사는 주위에 있는 적의 마력을 탐지하는 훈련을 받았을 뿐이고, 다른 사람보다 마력에 민

감한 건 아닙니다.

Q 같은 측근들끼리는 동료니까 편하게 이름을 부르죠? 상급 귀족은 다른 상급, 중급, 하급들이 '님'으로 부르는 것 같은데, 중급귀족도 하급귀족들이 '님'이라고 부르나요?
A 그렇습니다. '님'으로 부릅니다. 다른 영지의 귀족은 계급을 모를 경우, 처음 만난 사람에게는 보통 전부 '님'으로 부릅니다.

Q 귀족원에 입학하기 전인 아이들, 로제마인이나 빌프리트에게는 문관이 붙어 있지 않나요? 시종이나 호위기사는 자주 나왔는데, 문관은 없었던 것 같은데 말이죠…?
A 시종과 호위기사는 태어났을 때부터 필요하지만, 문관은 일하기 전에는 필요가 없으니까, 세례식을 마친 뒤부터 사람을 찾습니다.

Q 유르겐슈미트의 화폐는 어디서 만드나요? 그리고 만화판을 보면 동전 앞면에 문양이 있는데, 스즈카 선생님의 오리지널인가요?
A 중앙에서 만듭니다. 문양은 스즈카 님의 오리지널입니다.

Q 영주 자식은 세례식을 치를 때까지 같은 어머니에게서 난 형제 말고 다른 또래 아이들과 접할 기회가 없나요?
A 어머니 쪽 친척 아이가 같은 영지에 있거나 어머니가 신뢰하는 친구 자식이라면 만날 기회가 조금이나마 있습니다. 신분 차이가 있어서 어렵습니다.

Q 귀족에게는 성이 있는 것 같은데, 정식으로 말할 때는 어떻게 하나요. 마인, 질베스타, 기베, 일크너, 엘비라, 다무엘을 예로 알고 싶습니다.
A '로제마인 토터 링크베르크 아도티 에렌페스트' '질베스타 아우브 에렌페스트' '엘비라 토터 구트하일 프라오 링크베르크' '헬프리트 안브로스 기베 일크너' '다무엘 손베르넷'

Q 보니파우스트의 아들은 칼스테드는 상급귀족입니다만, 영주 후보생의 아이는 필연적으로 상급귀족이 되는 건가요?
A 차기 아우브가 정해지지 않고 부모가 아우브가 될 가능성이 있을 때는 영주 후보생으로 키웁니다. 만약 부모가 아우브가 됐을 때 뒤를 이을 자식이 없으면 곤란하니까요. 칼스테드의 경우에 아우브는 정해졌지만 자식이 딸뿐이고 제2 부인을 맞이할 예정이 없었기 때문에, 질베스타가 태어날 때까지 영주 후보생이었습니다.

Q 제1 부인의 자식과 제2 부인의 자식의 취급 차이는 일반적으로 어떤가요?
A 부친의 성격, 모친들의 관계, 어머니 쪽 친정의 영향력, 자식의 마력량과 능력에 따라 다르기 때문에, 일반적인 경우는 없습니다. 제1 부인이 엄청나게 강한 경우에는 제2 부인의 자식을 상당히 홀대하는 경우도 있고, 남편

이 제1 부인보다 영향력이 강한 가문에서 제2 부인을 맞이했을 때는 제2 부인의 자식을 우대합니다. 가문에 따라, 시대에 따라 다릅니다. 베로니카의 시대가 10년 이상 더 이어졌다면 제1 부인이라도 엘비라의 자식은 냉대받고, 니콜라우스가 후계자가 됐겠죠.

Q 일부다처제인 것 같은데 반대는 없나요? 여성 아우브의 남편이 아내를 두 명 이상 두는 경우도 있을까요?
A 반대는 상당히 특수하기는 해도 전혀 없는 건 아닙니다. 하지만 여성 아우브의 남편이 두 명 이상의 부인을 두는 경우는 없습니다. 애첩은 가능합니다.

Q 마력이 적고 하인으로 일하던 아이는 세례식을 치르면 어떻게 되나요? 친형제와도 교류를 못 하게 되나요?
A 귀족 아이로서 세례식을 받지 않기 때문에 공적으로는 평민 취급이 됩니다. 친형제와의 교류는 가문에 따라 다른데, 그 집에서 일하게 되니까 어느 정도 주종관계가 생기게 됩니다.

Q 평민, 귀족에서 쌍둥이나 그 이상이 태어나는지요. 평민은 체력, 귀족은 마력 문제 때문에 어지간해서는 태어나지 않을 것 같다고 상상하는데, 유르겐슈미트 어딘가에서 태어나고 있나요?
A 태어나지 않는 건 아닙니다. 말씀대로 평민은 체력이나 영양 상태 때문에 무사히 태어나는 경우가 적습니다. 귀족은 마력이 적게 태어나기 때문에, 태어난다고 해도 귀족으로 자라기는 힘듭니다. 쌍둥이 모두가 자기 가문의 하인이 되는 경우가 많습니다.

Q 평민이 다른 영지 사람과 결혼할 경우, 메달이나 시민권은 어떻게 되는지요?
Q 서민 마을에 사는 평민은 별 축제 때 신전에 다른 영지와의 혼인 신청서를 제출합니다. 그러면 나중에 처리해서 신전에 출입하는 상인에게 소환장을 건넵니다. 지정된 날(겨울의 성인식이나 봄의 세례식)에 소환장을 가지고 신전에 가면 메달을 받습니다. 직할지 도시나 마을, 기베의 토지에 사는 평민은 수확제 때 신관에게 이동 신청서를 제출합니다. 그러면 다음 봄의 기원식 때 메달을 받게 됩니다.
시민권은 메달에 부속되기 때문에 그 메달을 받은 시점에서 시민권이 사라지고, 그러면 일과 주기 등을 전부 잃어버리기 때문에, 빨리 결혼 상대가 있는 다른 영지로 가서 별 축제 때에 등록비와 같이 신관에게 제출해서 등록합니다. 번거롭기 때문에 어지간한 이익이 있지 않은 한은 다른 영지 사람과 결혼하는 일은 거의 없습니다.

Q 행상인은 영지의 메달이 어떻게 되나요?
A 소속된 영지가 없기 때문에 행상인입니다. 행상인은 메달이 없습니다. 세례식도 성인식도 무덤도 없습니다.

Q 숨겨진 방에 대한 질문입니다. 방의 면적은 마력량과 관계가 있는 걸까요. 페르디난드의 숨겨진 방은 물건이 넘쳐나는 상태라서 하급~상급, 영주 후보생들도 똑같은 넓이가 아닐까 싶은데 말이죠.
A 마력으로 만드는 공간이라서 마력량에 따라 다르고, 처음에 설정한 넓이에서 바꿀 수는 없지만 스스로 넓이를 설정할 수는 있습니다. 페르디난드는 숨겨진 방에 다른 사람을 들일 생각이 없었기 때문에 넓게 만들지 않았을 뿐입니다. 그리고 처음에는 신전의 숨겨진 방에 이렇게까지 물건이 많아질 예정도 없었습니다. 귀족 거리에 자택이 있으니까요.

Q 하얀 탑 같은 장소가 또 있을까요? 베로니카가 수용된 탑은 특별하고, 다른 수용자는 없나요? 두꺼비 백작은 어디 수용됐나요?
A 하얀 탑은 영주 일족이 수용되는 곳입니다. 지금은 다른 사람은 없습니다. 빈데발트 백작은 범죄자 귀족을 가둬두는 감옥에 있습니다.

Q 고아원이 그렇게 비참했던 건 숙청 이후에 청색 신관이 급감한 탓이라고 생각되는데, 그렇다면 그 이전의 신전은 어떤 느낌이었을까요?
A 전 신관장이 활동하던 때는 그야말로 꽃 바치기의 전성기였습니다. 신전 밖으로 나갈 일이 없기 때문에, 청색 무녀 중에도 색을 밝히는 분들이 계셨습니다.

Q 에렌페스트에는 사창가라고 할까, 성을 사고파는 곳이 존재하나요?
A 귀족 대상이라면, 신전의 꽃 바치기가 거기에 해당됩니다. 평민은 엘라가 그게 싫어서 도망치기는 했지만, 여급들이 그 역할을 맡고 있습니다.

Q 대영지(아렌스바흐)와 중간 영지(에렌페스트) 각 계급의 마력량 기준은 같은가요?
A 귀족원 강의에 영향을 주니까, 계급의 마력량 기준은 크게 다르지 않습니다. 하지만 사람 숫자에 큰 차이가 있어서, 중용될지 여부가 달라집니다. 중급귀족에게는 중급귀족의 일을 맡기니까, 중급귀족 아래쪽보다 하급귀족 위쪽이 살아가기 쉬울지도 모릅니다.

Q 귀족은 본 것을 이미지로 삼아서 마석으로 변화시킬 수 있는 것 같은데, 기수로 사용하는 동물은 실제로 존재하는 것을 사용하나요?
A 명확한 이미지가 필요하니까, 실제로 존재하는 동물을 사용합니다.

Q 로제마인이 잠들어 있는 동안에 어머님의 의뢰로 페르디난드 님의 일러스트가 들어간 책을 발매되었던 때의 겨울 사교계는 어떤 느낌이었나요?
A 플랑탱 상회의 판매회가 아니라 엘비라의 다과회에서 몰래 팔았습니다. 일러스트처럼 빼앗기기 싫어서, 다과회 자리 외에서는 절대 말하지 않았습니다. 파벌의 결속이 우상향으로 강화되었습니다.

Q 게오르기네의 전 약혼자는 어느 영지에서 어떤 관계였을까요? 게오르기네는 전 약혼자를 어떻게 생각했죠?

A 현재는 중앙에서 관리하는 구 자우스거스 영주 후보생이고, 제3 부인의 아들이었습니다. 평범한 정략결혼이라서 딱히 연애 감정은 없었지만, 게오르기네는 자신이 아우브가 됐을 때 지지해줄 사람이니까, 자기 파벌의 귀족만큼은 호의적으로 생각했습니다.

Q 유스톡스는 결혼 상대와 어떻게 만났고, 어떤 인물이었고, 왜 이혼했고, 자식은 있나요? 재혼할 가능성은 있을까요?

A 가문을 봐도 결혼을 안 할 수는 없기 때문에, 미적대는 유스톡스를 위해서 친척들이 찾아줬습니다. 베로니카 파벌 아가씨입니다. 유스톡스가 페르디난드를 모시기로 결심했을 때, 주인에게 해가 될 것 같아서 이혼했습니다. 자식은 있었지만 세례식 전에 헤어졌고 아버지로서 세례식을 치르지 않았기 때문에, 공적으로는 없는 걸로 되어 있습니다. 재혼은 글쎄요? 결혼 상대치고는 나이가 꽤 많고, 본인은 딱히 결혼하고 싶은 생각이 없기 때문에, 여성 쪽에서 어지간히 밀어붙이지 않으면 힘들 것 같습니다.

Q 혼기가 되면 느끼게 되는 비슷한 수준의 마력 소유자는, 자신은 물론이고 상대도 그 이상의 연령이 돼야만 느낄 수 있는 건가요?

A 그렇습니다. 서로가 그 나이가 되어야만 느낄 수 있습니다. 느낄 수 있는 건 마력량뿐이고, 속성 부분은 색을 확인해야 합니다.

Q 지난번 '팬북'에서 '마인은 신식이라서 어떤 약도 잘 먹는다'라고 했었는데, 하급귀족이라도 기억을 보는 마술구를 사용하면 로제마인과 간단히 동조해서 쉽게 물들일 수 있을까요.

A 마력을 물들이기 쉽게 해주는 동조약을 먹고, 기억을 보는 마술구와 관계없이 마력을 흘려 넣으면 쉽게 물들일 수 있습니다. 다른 사람의 마력에 물들어 있는 경우에는 저항이 조금 강해지지만, 그런다고 물들지 않는 건 아닙니다.

Q 유릭게슈미트의 일 년은 365일인가요? 마찬가지로 하루는 24시간인가요?

A 일 년의 길이는 420일로 우리와 다르지만, 하루는 제가 파악하기 쉽게 24시간을 기준으로 했습니다.

Q 달력이 신경 쓰입니다. 한 달이라는 단위가 있는 것 같은데 그게 며칠인지, 일 년은 몇 달인지를 잘 모르겠습니다. 슈첼리아가 열심히 하면 가을이 길어진다든지 플류트레네가 열심히 하면 겨울이 짧아진다든지, 그렇게 매년 달라지나요?

A 물의 날, 새싹의 날, 잎의 날, 바람의 날, 열매의 날, 흙의 날 7일로 일주일. 물의 주, 불의 주, 바람의 주, 흙의 주, 생명의 주까지 5주가 한 달.

대략 3개월마다 계절이 바뀌는데, 추측하신 것처럼 슈첼리아가 열심히 하면 가을이 길어지거나 플류트레네가 열심히 하면 겨울이 짧아지니까, 계절의 길이는 매년 다릅니다.

Q 이 세계의 날짜라는 개념은 있나요? 예정을 잡거나 물어볼 때는 며칠 뒤라고 말하기는 하는데, 명확한 날짜는 안 나왔죠? 하지만 4계절이 있다면 어떻게 계절이 바뀌는 날을 알 수 있는 걸까요? 세례식 날 같은 건, 달력이 없으면 어떻게 알 수 있는 거죠?

A 날짜가 아니라 '물의 주 새싹의 날'이라는 느낌으로 예정을 잡기도 합니다. 달력 같은 것도 있습니다. 평민이 개인적으로 가지고 있는 경우는 적지만, 직장에는 휴일인 흙의 날이 언제인지 알리기 위해서라도 거의 있습니다. 세로로 다섯, 가로로 일곱 개 구멍이 있고, 매일 나무 막대를 꽂아서 요일을 알 수 있습니다. 계절은 시간을 알리는 종의 색이 계절의 귀색으로 바뀌는 걸 보고 알 수 있습니다.

Q '팬북 I'의 질문에 '권선징악 등, 쓰고 싶은 것을 담았다'라고 하셨는데, 그런 내용을 쓰면서 '전하고 싶은 사람'의 이미지를 생각하셨나요.

A '전하고 싶은' 사람을 생각한 적은 없었습니다. 책으로 낼 예정도 없었으니까요. 제가 쓰고 싶은 것, 남편이 재미있다고 해준 것, 성장한 자식이 읽어도 괜찮은 것이라는 생각으로 썼습니다.

◆작자에 대해

Q 스즈카 선생님이나 담당 편집자님이 본 카즈키 선생님에 대해 알고 싶습니다.

A 스즈카 : 금욕적이고 굳은 신념이 있는 분입니다. 직접 만난 뒤로는 장난기 많고 귀여운 분이라고 생각했습니다. 그 머릿속에 어떤 세상이 펼쳐져 있는지 한번 보고 싶을 정도입니다. 기억을 보는 마술구로… 안 돼요? 아쉽다.
담당 편집자 : 로제마인처럼 목표를 향해 뜨겁고, 페르디난드처럼 쿨하게 판단하십니다. 저는 시종으로서 선생님을 모실 따름입니다!

달걀과 설탕으로 거품을 내는 게 제일 중요해요.

점성이 생길 때까지 저어 주세요.

휘적

흐응, 점성 말이지.

휘적

네!

활짝

아가씨도 해볼래요?

휘이⋯ 저억⋯

휘적

휘적

엄⋯

노랗던 달걀이 많이 하얘졌네요.

~오피셜 팬북 2권 요리지널~
카트르 카르를 만들자!!

만화: 쓰즈카

설탕

밀가루

버터

달걀

카트르 카르 (quatre-quarts)
프랑스 말로 「4분의 1이 4개」라는 뜻.
만드는 방법은 파운드 케이크(영국)과 동일!!

아아 그럼 먼저 물부터 끓여야겠네.

큰 보울에 따뜻한 물을 넣고 거기 담가서 데워요.

온도는 어떻게 낮추지?

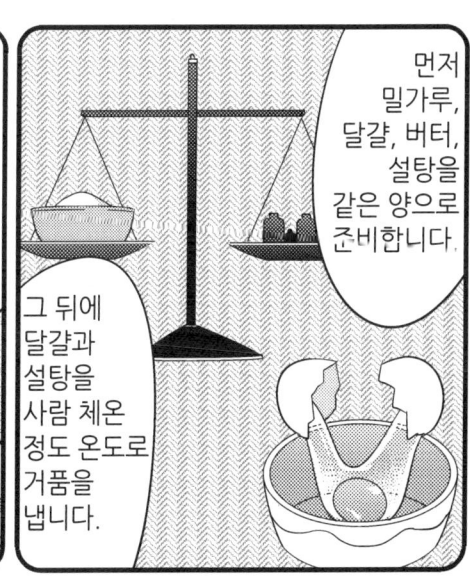

먼저 밀가루, 달걀, 버터, 설탕을 같은 양으로 준비합니다.

그 뒤에 달걀과 설탕을 사람 체온 정도 온도로 거품을 냅니다.

55

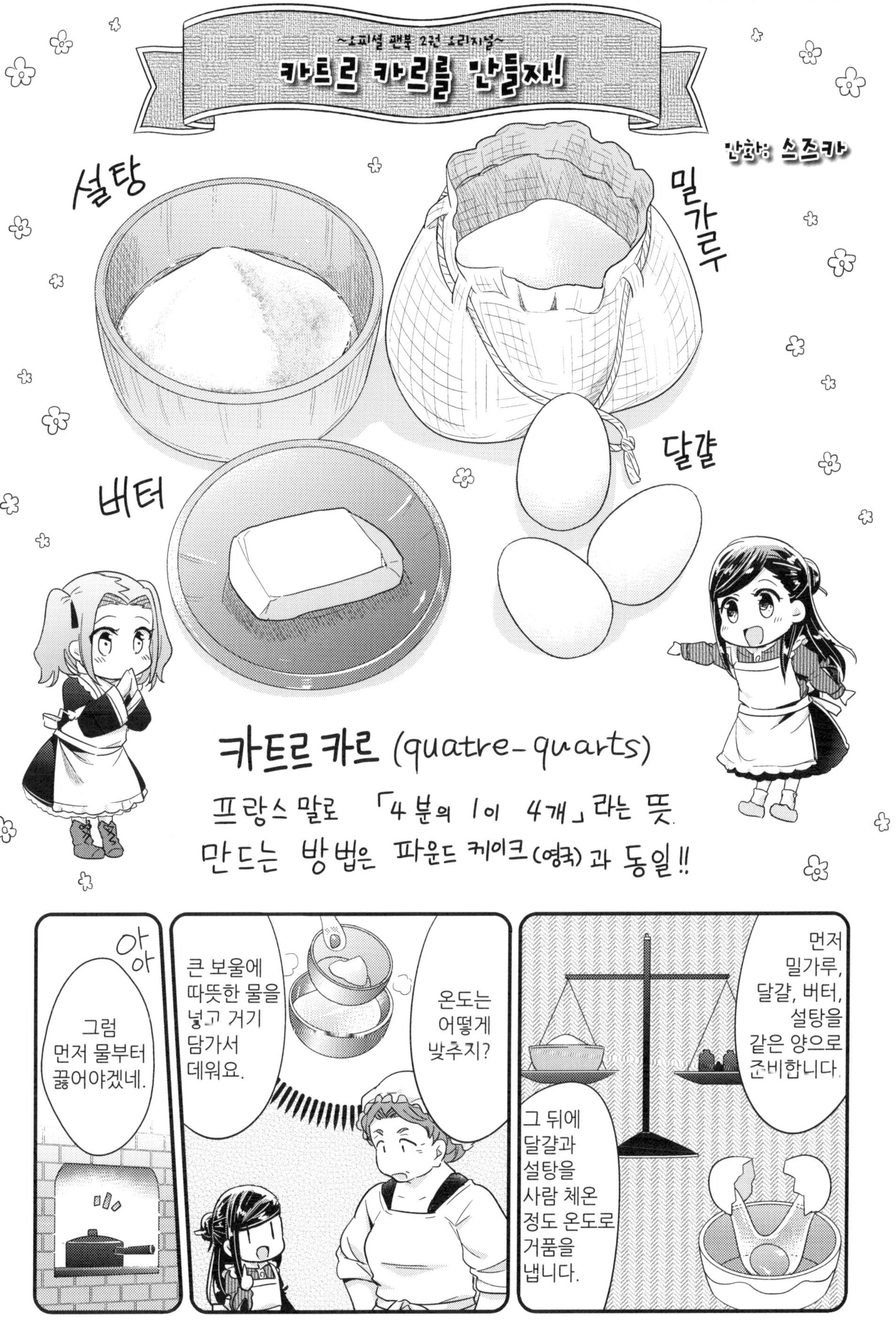

(케이크 시트가 없으니까)

케이크를
꺼내기 쉽게,
틀에 버터를 바르고
밀가루를
살짝 뿌려주세요.

사각틀이 없으니까
냄비로

마지막으로
녹인 버터를
넣어서
이것도
잘 섞어주세요

이걸로
반죽은
완성
입니다.

철컥!

걸쭉~

냄비를
탁탁 내리쳐서
공기를
빼주세요

탁
탁

이제
굽기만
하면 돼요!

오븐으로

GO!!

부드러운 단맛이 입속에서 녹아버려…

처음 느껴본 맛이야.

맛보기

번쩍

히익?!

마인

근질

다른 것도 잔뜩 알고 있겠지?

이제 막 나온 설탕을 쓴 과자 조리법을 알고 있다니.

근질

이 마인 이라는 애…

자 다음은 찜이야

휙

일제도 마인한테 눈독을 들였습니다.

에퉤

다음에 보면 다른 조리법도 알아내야지!

끝

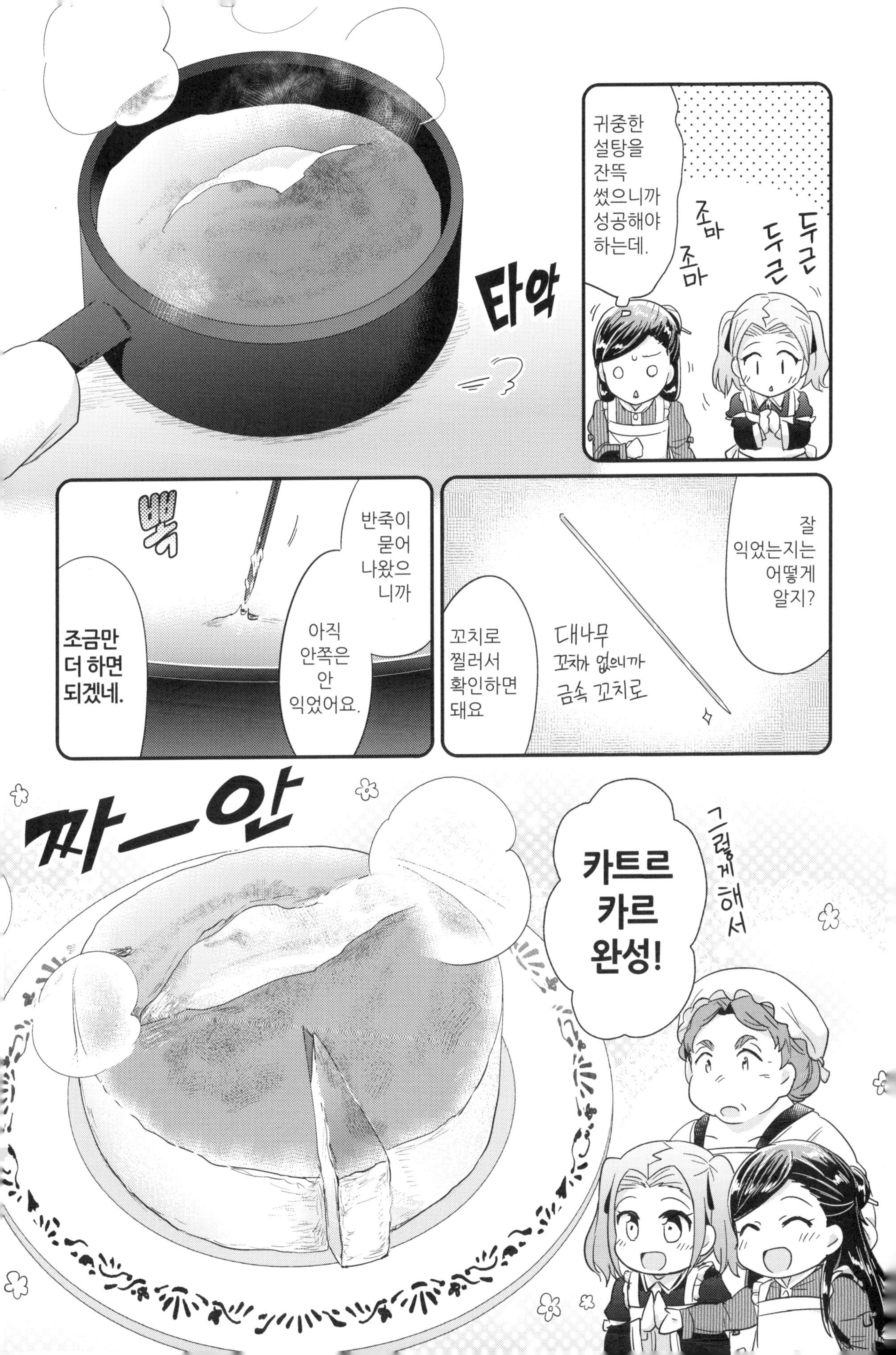

타악

귀중한 설탕을 잔뜩 썼으니까 성공해야 하는데.

두근두근
조마조마

조금만 더 하면 되겠네.

뿍

반죽이 묻어 나왔으니까

아직 안쪽은 안 익었어요.

잘 익었는지는 어떻게 알지?

대나무 꼬챠가 없으니까 금속 꼬치로

꼬치로 찔러서 확인하면 돼요

짜ㅡ안

카트르 카르 완성!

그렇게 해서

이건 사랑?

뭔가 사랑하는 것

신관장님은 기호품이나 취미 같은 게 없나요?

참고로 저건 책이에요

굳이 말하자면 로제마인 그대일지도 모르겠군.

딱히 떠오르는 건 없지만

저 말인가요?

네!?

깜짝

소재?!

취미 약학·마술 연구

그대는 연구 대상으로서 희귀한 소재니까.

쿠 웅

선택

으

뭔가 방황하고 있는데

투리, 왜 그래?

로제마인 최강   코린나 최고

그 얘기야?

쿠구구구구

코린나 님도 마인도 좋아

난 누구 사랑이 더 큰지 못 고르겠어!!

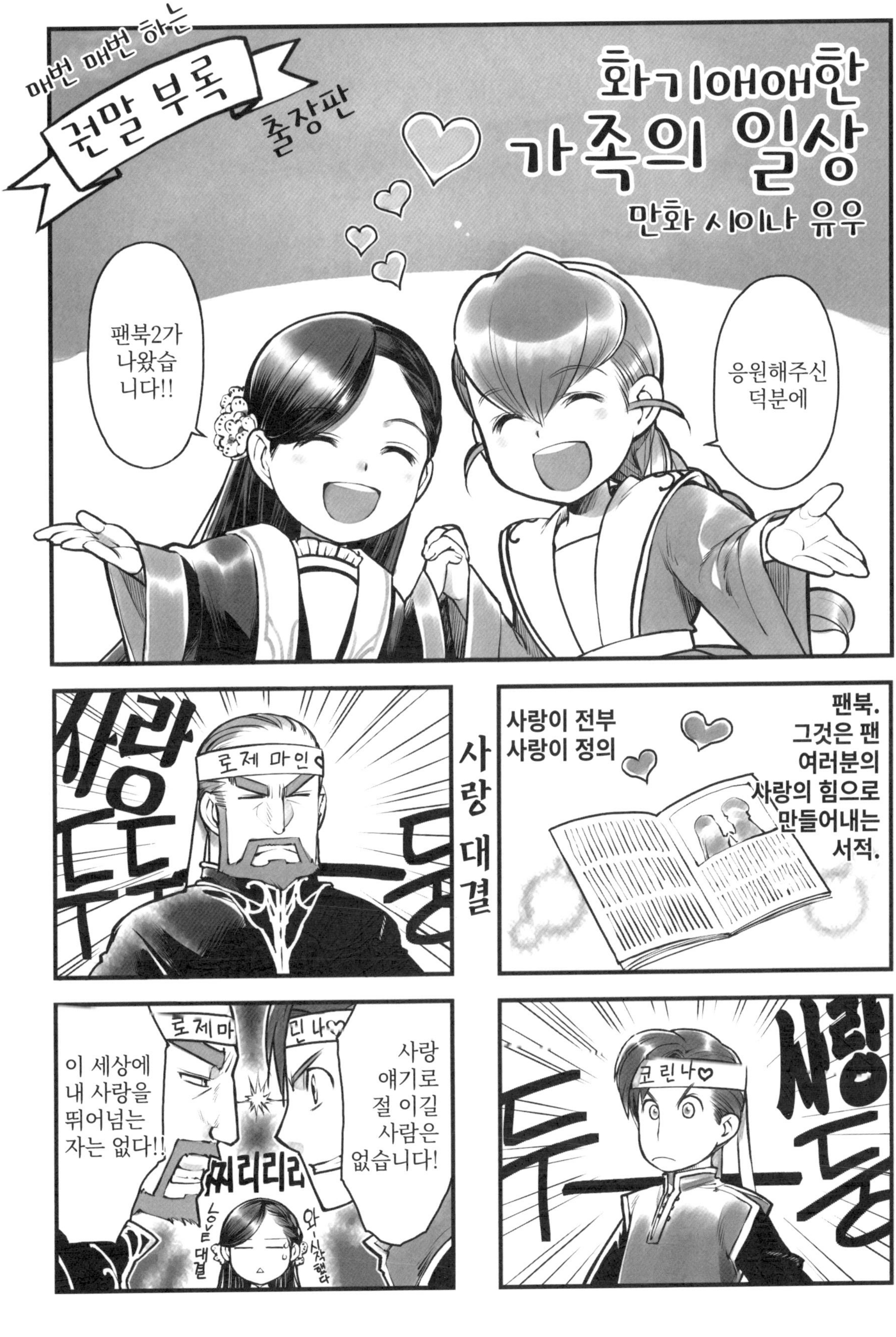

✳ 독자 메세지 ✳

카즈키 미야

이 팬북은 '애프터 레코딩 리포트와 후기 만화를 도서 형식으로 보고 싶어요'&'이제는 구할 수 없는 예전 이벤트 특전 단편을 보고 싶어' 등의 요청이 많았기에 해당 의견을 반영하여 만들었습니다.
부디 즐겁게 읽어 주시길.

시이나 유우

전권 발간으로부터 벌써 1년이 지났습니다.
제게는 꽤 최근 일이었다는 느낌인데 말이죠.
세월의 흐름이 너무 빠르군요.

스즈카

모처럼 나온 팬북이니 만화 말고 일러스트도 몇 점 그렸습니다. 주목하실 만한 부분이라면, 펼침면 일러스트인데, 로제마인 진영의 압도적 열세네요.

책벌레의 하극상 오피셜 팬북 2

초판 1쇄 발행   2022년 8월 31일

저자 카즈키 미야
일러스트 원안 시이나 유우
만화 스즈카
협력 스즈키 토모야(TINAMI주식회사)

발행인 원종우
발행처 (주)블루픽

주소 (13814) 경기도 과천시 뒷골로 26, 2층
영업부 02-6447-9017   **편집부** 02-6447-9019   **팩스** 02-6447-9009
메일 edit@bluepic.kr   **웹** vnovel.co.kr

ISBN 979-11-6769-022-7 06830

Honzukino Gekokujo Fanbook Vol.2
By TO BOOKS, Inc.
Copyright © 2018 by Miya Kazuki / You Shiina / Suzuka / TO Books
First published in Japan in 2018 by TO BOOKS, Inc.
Korean translation rights arranged with TO BOOKS, Inc.
through Shinwon Agency Co.